HAKAN MENGÜÇ

HER ŞEY VAKTİNİ BEKLER

DESTEK
yayınları

DESTEK MEDYA GRUBU

DESTEK YAYINLARI: 1625
KİŞİSEL GELİŞİM: 282
HAKAN MENGÜÇ / HER ŞEY VAKTİNİ BEKLER

İmtiyaz Sahibi: Destek Yapım Prodüksiyon Dış Tic. A.Ş.
Genel Yayın Yönetmeni: Ertürk Akşun
Yayın Koordinatörü: Özlem Esmergül
Üretim Koordinatörü: Semran Karaçayır
Editör: Özlem Esmergül
Son Okuma: Devrim Yalkut
Kapak Fotoğrafı: Sermin Dakak
Kapak Tasarım: İlknur Muştu
Sayfa Düzeni: Melike Doğan
Sosyal Medya-Grafik: Tuğçe Budak-Mesud Topal-Meltem Kökboyun

Destek Yayınları: Ağustos 2022
Yayıncı Sertifika No. 13226

ISBN 978-625-441-710-8

© Destek Yayınları
Abdi İpekçi Caddesi No. 31/5 Nişantaşı/İstanbul
Tel. (0) 212 252 22 42
Faks: (0) 212 252 22 43
www.destekdukkan.com
info@destekyayinlari.com
facebook.com/DestekYayinevi
twitter.com/destekyayinlari
instagram.com/destekyayinlari

Destek Dukkan

Deniz Ofset – Çetin Koçak
Sertifika No. 48625
Maltepe Mahallesi
Hastane Yolu Sokak No. 1/6
Zeytinburnu / İstanbul
Tel. (0) 212 613 30 06

DESTEK yayınları KARAKARGA BEYAZ BAYKUŞ genç DESTEK

Hakan Mengüç

Şems'in Öğrencisi Olmak

HER ŞEY VAKTİNİ BEKLER

NE GÜL VAKTİNDEN ÖNCE AÇAR
NE DE GÜNEŞ VAKTİNDEN
ÖNCE DOĞAR

DESTEK
yayınları

İÇİNDEKİLER

Aşkı bulmanın yolunu arama,
Aşkın kendisi olmak için gel bu kez

Dünyanın düşünce ve felsefe tarihini günümüzde bile etkilemeye hatta çoğu zaman belirlemeye devam eden çok önemli iki Doğu filozofu vardır, çok kıymetli iki dost...

Mevlana ve Şems-i Tebrizi...

Mevlana'yı çok insan bilir, tanır, araştırır, okur, öğrenir. Hakkında bilgi sahibi olur, fikir sahibi olur. Ancak Şems-i Tebrizi pek o kadar bilinmez. Mevlana'yı düşünceleriyle ve yaşam biçimiyle etkilemeyi başarmış bir seyyah olarak tanınır çok zaman.

Birbirlerine her ne kadar çok yakın olsalar da, ruhani açıdan birbirlerini etkileseler de aslında yöntemleri ateşle su gibi, ayla güneş gibi farklıdır.

Mevlana ay gibidir. Şems ise güneş.

Ay ışığını güneşten alır ve geceyi aydınlatır.

Ancak güneş, aydınlığın kaynağı olmakla kalmaz aynı zamanda ısıtır ve yaşamı başlatır da. Elbette buna karşılık yakıp yok edebilir de. Güneşin kül etme kabiliyeti de vardır. Kendini bir an bile başıboş bırakmaya hakkı yoktur bu yüzden. Bir anlık kendinden geçmişlik, dünya âlemini kül edebilir çünkü.

Şems buna mukabil tam bir güneştir, gerçek bir ateştir. Belki sert gelir çoğuna. Doğrudandır, dolambaçsızdır, açıktır, nettir, güçlüdür... Sonunda söylenecek sözü en başında söyler. Hiç kimseden çekinmemiş, geri adım atmamış, ne istediğini ve istemediğini her zaman keskin zekâsıyla bilmiş, çocukluğundan beri çelik iradesiyle ve bıçaktan keskin zekâsıyla dikkat çekmiştir. Sorgulama kabiliyeti yüksek zekâsı sayesinde pek çok öğretmen/hoca açısından zorlayıcı bile olmuştur. Şems bu yüzden bir öğretmenin kanatları altında uzun yıllar aynı prensibi ezberleyip oturarak kalamamıştır yerinde. Hep başka öğretmenler aramıştır kendine... Diyar diyar gezmiştir bu uğurda.

Şems, Arapçada da güneş anlamına gelmektedir zaten. Şems'te az, orta, belki, çelişki kavramlarına yer olmamıştır hiçbir zaman. Güneş çelişkili bir kaynak olamaz. Ateş çelişkili bir element olamaz. Şems'e göre bir yola koyulacaksan ya tam açacaksındır yüreğini ya da hiç yeltenmeyeceksindir. *"Olmazsa geri döneriz, artık olduğu kadarı bizimdir"* düşüncesi ahmakçadır Şems'e göre. İnsanın kendine çelme takması, kendini aşağılaması, küçük görmesi, en acısı da kendine zaman kaybettirmesidir.

> *"Ya tam açacaksın yüreğini ya da hiç yeltenmeyeceksin.*
> *Grisi yoktur aşkın, ya siyahı ya beyazı seçeceksin."*
>
> – Şems

Hayatı boyunca ancak bir öğrencisi olabilmiştir Şems'in çünkü aktardığı ışığı ve ısıyı küle dönmeyi göze alabilecek, kavrayabilecek kapasitede bir öğrenci daha bulamamıştır.

Tek öğrencisi Mevlana olabilmiştir.

Aşk bir arayış değil, adayıştır
Kıyamazsan bâş ü câna uzak dur girme meydana

Şems bir gün dua etmiştir ve *"Allahım bu içimdeki aşkı ve ilmi anlatabileceğim bir kulla karşılaştır beni"* demiştir. Aynı dönemlerde Konya'da yaşayan bir âlim vardır ve adı Mevlana Celalettin Rumi'dir. İlim, siyer, fıkıh, kıyas, icma, hadis, hepsinde en üst seviyede bir âlim... Ezberi kuvvetli, bilgisi yüksek... Ancak gönlünde bir eksiklik duyuyor hep.

Aşk yok!

Dua ediyor o da sürekli ve diyor ki:

"Allahım beni aşka ulaştıracak bir mürşit nasip eyle..."

Şems uzun bir yola çıkıyor ve aylar sonra yorgunluktan bitkin düştüğü halde umudunu ve arayışını hiç yitirmemiş bir adam olarak Konya'da karşısına çıkan kişinin o olduğunu anlıyor.

"Kalbinle istediğinde hoca ayağına gelir" derler ya, kalbinle iste demek aslında gerçekten ihtiyacın olanı samimiyetle ifade edebilmektir. Gerçekten ihtiyacın olanı talep ettiğinde öğretmenin dünyanın öbür ucunda bile olsa kalkar ayağına gelir. Lakin şunu bil ki istediğin değil, ihtiyaç duyduğun gelir sana. Çünkü ihtiyacın, isteğinden daha samimi ve gerçektir.

Aramakla bulunmaz gibi görünür belki ama emin ol ki bulanlar hep arayanlardır.

Öğretmenine kavuşan Mevlana yıllar sonra şöyle demiştir:

"Nasıl ki susamış bir dudak suyu arıyorsa, su da susamış bir dudak arar."

Şems-i Tebrizi Konya'ya geldiğinde öğrencileriyle birlikte medresesine doğru yürüyen Mevlana Celalettin Rumi'yi görür.

Tanır hemen öğrencisini. Aradığı kişinin o olduğundan emin olur ve karşısına dikilip selamlar. Mevlana karşısındaki yabancıyı tanıyamamıştır ama bakışlarındaki keskinlikten, duruşundaki eminlikten sezmiştir karşısındaki insanın farklı biri olduğunu... O gün evine davet eder Şems'i ve ikramda bulunur, ağırlar onu.

Şems, daveti kabul etmiştir ve hiç vakit kaybetmeyerek öğrencisine ilk dersini verecektir.

"Ey Celalettin bana en değer verdiğin üç kitabını getir" demiştir Şems.

Mevlana büyük bir heyecan ve coşkuyla babasından kalan elyazması kitapları kucakladığı gibi getirip önüne koymuştur Şems'in.

Kitapları hiç yüzüne bakmadan eline aldığı gibi kıyısında oturdukları şadırvana atıveren Şems, Mevlana'nın şaşkınlığını ve üzüntüsünü izlemiştir sonra.

Mevlana suya karışan mürekkebi görünce çok üzülmüştür, ne diyeceğini bilememiştir. En değerli kitapları artık işe yaramaz hale gelmiştir.

Şems *"Üzülme..."* demiştir Mevlana'ya. ***"Aradığın şey kitaplarda değil. Okuyarak bileceksin ama ancak severek anlayacaksın. Kır kalemin ucunu, bundan sonraki yolculuğumuz aşk yolculuğu... Aşkı kalem yazmaz ki kitaplarda bulasın."***

Şems ile Mevlana'nın ilim ve irfan yolculuğu böylece başlar işte.

Günlerce kapalı kapılar ardında konuşup düşünürler çok vakit... Mevlana'nın oğlu çok meraklanır tabii ikisi arasındaki ilim alışverişinin içeriğini öğrenmek için... *"Ne konuşuyorlar bu kadar uzun uzun?"* diye düşünür hep. Sonra dayanamaz kapıyı dinlemeye karar verir bir gün. Saatlerce kapının önünde bekler durur. İçeriye kulak kesilir ama tek bir kelam bile işitemez. Anlar ki onlar dilsiz ve dudaksız konuşuyorlar aslında.

Bazı yollar illa yalnız yürünmelidir

Mevlana ilimde ve ilmi anlamakta derinleştikçe, içindeki yangını da giderek büyür. Şems sonunda onun kendisi olmadan da aşkı yaşayabilmesi ve bu sürecin içinden tek başına geçebilmesi, yalnız da yürüyebilmesi için ansızın çekip gider.

Bir sabah Mevlana uyanır ki Şems artık yoktur.

"Kırk yıldır aradığımdın neredesin ey Şems?" diye haykırır. İnanmak istemez önce dostunun yokluğuna. Ancak günler geçtikçe Şems'in gittiğini kabullenir. Mektuplar yazar, şiirler yazar, derdini neye üfler, feryadını semaya döker ama Şems yoktur.

Rivayet odur ki bir gün hüzün içinde yolda yürürken onun dost acısıyla yandığını bilenlerden biri heyecanla yaklaşır yanına ve *"Şems'i gördüm, Şems'i gördüm!"* diye müjdesini ister.

Mevlana müjdesinin karşılığı olarak hemen çıkarıp hırkasını verir adama.

Görenler şaşkındır. *"Ey Celalettin..."* derler. *"Sen bilmez misin sanki yalan söylediğini? Seni aldatmaktadır düpedüz."*

"Bilirim..." der Mevlana. *"Ben onun bir yalanına çıkarıp hırkamı verdim. Gerçeği söyleyesiydi canımı verirdim."*

Böylesine derin ve güçlü bir zihinsel ve ruhsal bağ oluşmuştur aralarında. Şems, öyle iyi bir öğretmendir ki yokluğunda bile aktarabilmiştir Mevlana'ya öğretmek istediğini ve sonunda bir gün Mevlana *"Ey Şems..."* demiştir. *"Yokluğunda buldum gerçek seni..."*

Bir zaman sonra geri döner Şems...

Mevlana, giderken bıraktığı haliyle değildir tabii artık... Eski öğrencisi daha da derinleşmiş, çok uzun yollar kat etmiştir kendi içinde. Artık dilin de ötesinde bir seviyededir. *"Bütün söylediklerimden vazgeçtim..."* der Mevlana. *"Artık ne sözde mana kaldı ne de manada söz... Sığ suları en hafif rüzgârlar bile coşturabiliyor, derin denizleri ise ancak derin sevdalar... Anladım ki derin ve esrarengiz olan her şey susuyor ve anladım ki susan her şey derin ve esrarengiz..."*

Böylece fenafillah makamına ulaşmış olur Mevlana...

Şimdi sorsan *"Şems bunca vakit Mevlana'ya ne öğretmiştir yani?"* diye, belki de şu hikâyeyle açıklayabilirim onun ne olduğunu sana.

Mecnun, aşkından çöllere düştüğü Leyla'yı sayıklayıp perişan bir halde yürümeye devam etmektedir.

"Leyla, Leyla!" deyip inlemektedir.

Issız çölde namazını kılan bir adamın önünden geçer Mecnun, fark etmemiştir bile onun namaza durduğunu. İnanışa göre namaz kılan birinin önünden geçilirse, namazı bozulur.

Bunun üzerine namazı bozulan adam çok kızar Mecnun'a, peşinden koşup yakasına yapışır. *"Namaz kıldığımı görmüyor musun adam?"* der. *"Namaz kılan kişinin önünden geçilir mi hiç, ne büyük saygısızlık!"*

Mecnun şaşkın bakışlarla döner adamın yüzüne ve *"Ben Leyla'nın aşkından seni görmedim sen Mevla'nın aşkından beni nasıl gördün?"* der.

Ya tam açacaksın kalbini ya da hiç yeltenmeyeceksin!

Seni bu kez çetin bir yola davet ediyorum yol arkadaşım farkındayım.

Ya tam açacaksın yüreğini ya da hiç yeltenmeyeceksin.

Her kitapta bir adım daha kendinden uzaklaşarak kendini görebilmeyi, anlayabilmeyi, tanıyabilmeyi, sufilerin irfan hazinelerinden faydalanarak aktarmaya çalıştım sana... Yol giderek daralıyor gibi görünebilir ama inan öyle değil. Yol giderek yakıcı ve zorlayıcı bir hal alıyor gibi de görünebilir ama inan öyle de değil.

Şems, güneştir. Çok kıymetli bir öğretmendir. Dünya âleminde bir insana öğretmenlik yapmıştır belki ama yaydığı ilim, prensipler, bilgi, değer, terbiye ve güç öyle derin ve öyle sağlamdır ki yüzyıllar öncesinden bile günümüzü aydınlatmaya devam eder. Bir öğrencisinin üzerinden milyonlarca insanın aydınlanmasına hizmet etmiştir. Ancak sadece öğretmenin iyi olması yetmez tabii, iyi öğrenciler de gerekir.

Şems'in yaşam biçiminden, düşünce şeklinden, değerlerinden, kişilik yapısından, söylediklerinden, söylemediklerinden, anlattıklarından ve de sustuklarından yola çıkarak, ilham alınarak kâmil insan olma yolunda yürümenin mümkün olduğunu kendi deneyimlerimle sabitlemiş bir yolcuyum ben sevgili yol arkadaşım.

Şems'i cemal cemale hiç görmedim, tanımadım belki ama aldığı soluğun bile izini sürme gayretine düşerek yaydığı ışıktan, yaşadığımız bu kaos çağında bile faydalandım. Bu kitabı, aynı faydayı sana da ulaştırmak için kaleme aldım.

Daha önce de söyledim, kitap boyunca birkaç kez daha söyleyeceğim şaşırma, sıkılma lütfen. Her söylediğimde sadece o noktada dur ve derin düşün.

Güneş'i hatırla.

Şems güneştir, aydınlatır, ısıtır ama yakıp yok eder aynı zamanda.

Artık daha dengeli, daha farkındalıklı, daha zeki, daha tecrübeli bir yol arkadaşı olacağız birbirimize... Bir anlık şaşkınlığımız kanatlarımızı küle döndürür, yere çakıverir bizi...

Bu kez daha aydınlık bir yol var önümüzde... Ne kadar doğru anlarsak o kadar emniyetteyiz...

Hazır mısın?

Şems bu kez bizim için parlıyor olacak ilim yolunda...

Hakan Mengüç

-I-
ŞEMS'İN ÖĞRENCİSİ OLMAK

Bazı Öğretmenler,
Yüzyıllar Öncesinden Bile Seslenebilirler

"Öğrenci hazır olduğunda öğretmen ortaya çıkar.
Öğrenci gerçekten hazır olduğunda ise öğretmen
ortadan kaybolur."

– Lao Tzu

Bilgi herkese açık olmakla beraber, kendi içinde bir hiyerarşik disiplin de içerir. Herkes her bilgiden aynı ölçüde faydalanamaz ya da her bilgi her kişide aynı tesiri ve aynı sonucu yaratamaz. Bilgiyi alan kişinin eğitimiyle, kültürüyle ilgili değildir bu durum. Kişinin ruhsal ve zihinsel derinliğiyle, bilgelik kabının ne kadar geniş ya da dar olmasıyla ilgilidir.

Dünyanın en iyi üniversitelerinde çok kıymetli bilgilere ulaşıp, sayısız diller öğrenip engin bir bilim ve kültür hazinesine sahip olan pek çok insanın, bunca eğitim emeğine rağmen olgunlaşamadığını, duygularına ya da dürtülerine hâkim olamadığını, yaşamın içinde anlam bulamadığını, her şeye rağmen kendini tam ve bütün hissedemediğini, açık bir yara gibi hayatın içinde dolaştığını, üzerine toz değse canının acıyıp incindiğini ya da öfkelendiğini görmüşüzdür değil mi? İçindeki vahşi hayvanı (*egosunu, ilkel dürtülerini, id'ini*) hiçbir şekilde ehlileştirememiştir. Bu hayvanı kendi mutluluğunun, huzurunun, başarısının hizmetine koşmak yerine onca kıymetli eğitimine rağmen içindeki vahşi yaratığın kölesine dönüşmüştür.

Eminim sen de tanırsın böyle insanları... Mutlaka vardır hayatında ya da etrafında...

"Ondaki şans bende olsaydı keşke" dersin mesela. "Onun aldığı eğitimi ben alsaydım şimdi neler yapmazdım? Onun oturduğu evde ben oturuyor olsaydım ne kadar mutlu olurdum. Sahip olduğu şeylerin tadını çıkaramıyor yazık, sahip olduğu hiçbir şeyin hakkını veremiyor" diye düşünürsün. "Onca yeteneğe, onca bilgiye ve imkâna rağmen neden bu kadar mutsuz acaba?" dersin ya da "Neden bu kadar öfkeli, kibirli, neden insanlara bu kadar tepeden bakıyor, niye samimi davranmıyor, niye hep burnu havada, niye bu kadar kendini beğenmiş, yorulmuyor mu böyle davranmaktan, sıkılmıyor mu böyle yaşamaktan?"

Sorduğun her soruda haklısındır aslında. Her biri çok isabetli yaklaşımlardır ama bütün bunlardan dolayı da suçlayamayız bu tip insanları. Çünkü zaten ortada bir suç yoktur. Doğru değerlendirilememiş karşılaşmalar vardır. Hakkı verilememiş, ıskalanmış, pas geçilmiş karşılaşmalar.

Her seminerimde, her konuşmamda, kitaplarımda hiçbir karşılaşmanın tesadüf olmadığını dile getirirken romantik bir sayıklama yapmıyorum aslında. Doğru öğretmenle, doğru öğrencinin yolları hiç beklenmedik anda ille hayatın bir yerinde kesiştiğinde, uyanık bir zihne ve açık bir yüreğe sahip olabilme becerisinden söz ediyorum ki kişinin bilgelik eğitimi de aldığı kültürel eğitime eşlik edebilsin. Aksi halde kültürel eğitimi sayesinde ne kadar büyürse büyüsün, hep eksik, hep yarım, hep yetersiz, hep mutsuz, hep öfkeli, hep huzursuz, hep kaybetme korkusuna hapsolmuş biçimde yaşayıp gidecektir. Böylesi bir hayatın tamlık ve bütünlük içinde yaşanmış olduğunu, huzur dolu, ilham dolu, güvenli bir yaşam olduğunu söyleyemeyiz. Tasavvuf eğitiminde hedeflenen *kâmil insan* tam da bunu başarabilen kişidir işte.

Kâmil insan içindeki hayvanın kölesi olmaz, onu ehlileştirir, terbiye eder ve yaşam yolunda kendi hizmetine koşar onu... Sadece kendinin güvenliği, sağlığı ve refahı için yaşamaz, başkalarının (*her yaratılmışın*) da hayrını gözetir. Doğanın, yaşamın, döngünün de hayrına karşı sorumludur ve buna göre davranır, buna göre yaşar. İnsanın kendi içinde kat ettiği mertebelerden söz ediyoruz aslında. İçimizde bizi alt etmeye çalışan ve en az bizim kadar güçlü birtakım yaratıklar varmış gibi değil mi?

İyiliğimize karşılık kötü bir tarafımız da var... Dürüstlüğümüz kadar yalancı bir tarafımız da var. Paylaşımcılığımız kadar cimri bir yanımız da var. Ne kadar yapıcıysak, bir o kadar da yıkıcıyız. Ne kadar sevgi doluysak bir o kadar da nefret doluyuz. Bir yanımız iyileştiriyor, diğer yanımız hasta ediyor. Bir yanımız veriyor, diğer yanımız çalıyor. Bir yanımız şükürde, diğer yanımız doymak bilmiyor.

Aldığımız bilimsel ve kültürel eğitimler sayesinde birbiriyle her an çatışma halinde olan bu ikili karşıt güçler arasında mümkünse olumlu olanların galip çıkmasını sağlamaya çalışırız elimizden geldiğince.

Aslında içimizden küfretmek gelir belki ama *"Neyse ağzımı bozmayayım şimdi bana yakışmaz"* der susarız. Acısını hazmedemediğimiz bir ihanetin öcünü almak isteriz, *"O da aynı acıyı çeksin"* deriz ama sonrasında pişmanlık duymaktan kaçamayız. Aldığımız eğitimler, sosyal ve kültürel birikimlerimiz ve beynimizin gelişmeye devam eden muhakeme kabiliyeti sayesinde bizi zorlayan her durumdan yara almadan ya da en az zararı almak koşuluyla sıyrılmaya çalışırız.

Buraya kadar başardığımız her şey zihinsel ve kültürel eğitimimize borçlu olduğumuz becerilerimiz. Aileden ve okullarımızdan aldığımız öğretilerle geliştirdiğimiz karar mekanizmalarımız.

Dışarıdan bakınca sorun yokmuş gibi görünüyor değil mi?

Hayat böyle sürüp gidebilirmiş gibi geliyor...

Ancak çok büyük bir sorun vardır burada.

Kendi içimizdeki savaş!

Kendi içimizdeki eşit güçler arasında sürüp giden ve hiç durmayan bir çatışma.

Bedenimiz, ruhumuz, zihnimiz, varlığımız her an bir tarafın yenik düştüğü, canhıraş bir mücadelenin, kesintisiz biçimde sürüp gittiği kanlı bir muharebe meydanı...

İçimizde bir cehennem yeri taşırken, yaşadığımız hayatın merkezine bir cennet bahçesi inşa edebileceğimize nasıl inanabiliriz ki?

Buna inanıyorsak, en büyük yalanı kendimize söylüyor olmaz mıyız?

Peki ya bir gün savaşı diğer tarafımız kazanırsa ne olacak?

Küfretmek istemezken ağzımızı bozduğumuzda ne yapacağız?

Kızmak istemezken kızdık, kırmak istemezken kırdık.

İşte o zaman ne olacak?

Telafisi mümkün olmayan hatalar yüzünden hep başa mı döneceğiz? Ve bu kez bir sıfır yenik mi başlayacağız mücadeleye? Hatta belki iki sıfır, üç sıfır yenik çıkacağız harp meydanına...

Böyle mi sürüp gidecek hayat?

Çok iyi bir eğitimimiz var, iyi bir hayat kurduk, bir işimiz var, kariyer sahibiyiz, iyi kötü sürüp gidiyor hayat ama savaşı her an diğer tarafın kazanma ihtimali de sürüp gidiyor değil mi?

Eğer ortada eşit güçler arasında bir çatışma varsa, iki tarafın da kazanma şansı vardır.

Bunun ne büyük bir yorgunluk olduğunu düşünmeni istiyorum senden.

Hayat yorgunu insanlara bak lütfen.

İçlerindeki bu bitmek bilmeyen çatışmalar yüzünden yorgun düşmüşlerdir aslında. Bazen iyi tarafları kazanmıştır bazen kötü de galip gelmiştir. Bazen veren olmuşlardır bazen çalan. Bazen şükretmişlerdir bazen açgözlülük etmişlerdir. Sonunda "*Hayat bizi çok yordu be evladım*" diyerek göçüp gitmişlerdir.

İnsan şimdi durup sormak istiyor değil mi?

Sorun neredeydi ve neden çözülemedi?

Sorun kişinin ustalık yolunda daima çırak kalmış olmasındadır. Sözünü ettiğim çıraklığın ustalığa dönüşmesi sadece mantıkla, bilimsel ve kültürel eğitimle gerçekleşmez, bilgelik eğitimi usta ile çırak arasında gerçekleşir.
Çırak hazır olduğunda usta ille çıkar ortaya... Çırak artık bir usta olarak hayatı yürümeye devam edebilecek olduğundaysa o kıymetli öğretmen birden yok oluverir gider.

Ustalar üniversite kürsülerinde ya da dergâhlarda bulunmaz çok zaman... Uzun beyaz sakalları, iki büklüm bir bedeni, puslu bir sesi ve asası olmak zorunda da değildir. Bazen küçük birer çocuk olup çıkarlar karşımıza, bazen dost, bazen düşman olurlar, bazen kaza bazen tesadüf olurlar, bazen sevgili bazen arkadaş olurlar, bazen bir sokak hayvanı, bazen bir afet olurlar geçerler içimizden. Ustalık yolunda en kıymetli dersleri aktarırlar varlığımıza...

Aktarılan dersler ya da bilgiler elbette hiyerarşik bir düzen içinde seyreyler... Ne kadar hazırsak o kadar alabiliriz. Ne kadar derinsek o kadar kavrayabiliriz.

Tasavvuf eğitimi de tıpkı böyledir.

Öğrenciye her bilgi adım adım aktarılır.

Takva, tevekkül ve sabır tam olarak öğrenilmeden bir üst bilgiye geçilmesi mümkün değildir. Üst bilgi elbette saklı gizli değil... Lakin gerçekleşmesi için de bir zemin gerekir. Aksi halde kayadan süzülen su gibi emilmeden akıp gider.

İnsan da hayat yolunu tıpkı tasavvuf yolundaki gibi yürür... Her tecrübe, her karşılaşma, her beklenmedik durum, her zorluk, her sıkıntı, her felaket, her kayıp, her kazanç, her yenilgi hep bir mertebeye hazırlar insanı... İyi bir çırak, iyi bir ustayla karşı karşıya olduğunun farkındaysa bunların hiçbiri boşa gitmez.

Hayatın her anının bir usta-çırak ilişkisi üzerinden inşa edildiğinin farkında olmak çok önemli... Gerçekten de her anımız bir usta-çırak ilişkisidir.

Bunu kavrayan ve iyi değerlendiren insanın içinde az önce sözünü ettiğim çatışmaların hiçbiri yaşanmaz. Sürekli kötü tarafını yenmek zorunda kalmazsın. Bir yanın diğerine düşman olmak zorunda değildir. İçinde bir cehennem taşıyarak gelip geçemezsin bu dünya deneyiminden.

Ustanın içinde iyiyle kötü arasında bir muharebe yaşanmaz. Usta, içinde bitmek bilmeyen bir çatışma taşımaz.

"Aslında kötü söz söyleyeceğim ama en iyisi susayım" demez. Zaten kötü konuşmak aklına bile gelmez onun. *"Çok öfkeliyim ama kendimi yenmek zorundayım yoksa bedeli ağır olur, sevdiklerime yazık olur"* demez. O zaten barış içindedir. Kucaklayıcıdır. Uzlaşmacıdır. İçinde yenmesi gereken bir öfke yoktur. Alt etmesi gereken bir kibir yoktur. *"Biraz mütevazı olayım, insanlara da yakın olayım ki burnu havada biri olduğumu düşünmesinler"* diyerek bir imaj çalışması yürütmez, bir algı yöneticisi değildir. O halihazırda zaten içtendir, samimidir, eli açıktır, kendine saygısı tamdır, yaratılmışa saygısı tamdır. Bunun için kendini programlamaz. Samimi olmak için çabalamaz. Zaten o, olma hali içindedir. **OL**muştur...

OLMAK bu açıdan çok kıymetli bir haldir.

İyi olmaya çalışmazsın, iyi olursun.

Öfkeni bastırmak için kendinle savaşmazsın, "Sakin kalmaya çalıştım" demezsin, sakin olursun.

Dürüst olmak için elinden geleni yapmazsın, dürüst olursun.

Başarmak için diğerlerinin başarısız olmasına ihtiyaç duymazsın, onlarla daha çok başaracağından eminsindir zaten.

Kaybetme korkusuyla hayatındaki insanlara ya da maddi varlıklara sarılmazsın, her birinin sende misafir olduğunun farkındasındır zaten. Hiç kimsenin ya da hiçbir şeyin sahibi olmadığını bilirsin. Sende kaldıkları sürece başının üzerinde yeri vardır hepsinin, misafirlik sona erdiğinde yüce gönüllülükle vedalaşırsın.

Bu türden güçlü bir yaşam ustalığına sahip olmak için elbette iyi bir eğitim gerekiyor. Zira sözünü ettiğim yetenekler öyle kendiliğinden gelişip serpilmiyor.

Dört bir yanımız kıymetli öğretmenlerle çevrili ama biz ne kadar iyi bir öğrenciyiz? Üzerimize akan bilginin ne kadarını emip içine çekebiliyor toprağımız?

Bu kitap dünyanın gelmiş geçmiş en iyi öğretmenlerinden biriyle, onun yüzyıllar sonra dünyaya gelmiş öğrencilerini hiç de tesadüf olmayan bir karşılaşmayla bir araya getirmek için kaleme alındı.

İyi öğretmenler ölümsüzdür. Çağlar boyu nesilden nesile bilgilerini aktarmaya devam ederler. Birbirlerinin yüzünü hiç göremeyecek bile olsalar, iyi öğretmenler, doğru öğrencileri bulup seçerler ve o öğrencilerin üzerine rahmet olup yağmaya devam ederler.

Şems-i Tebrizi de dünya âlemine tanıklık etmiş çok kıymetli öğretmenlerden/ustalardan biridir. Üzerine akıttığı her damlanın emilip bereketli bir toprağa dönüşeceğini görür görmez anladığı Mevlana'ya aktardıklarının büyük etkisi, çağımızda da hâlâ sürmektedir ve ilk günkü kadar tazedir, geçerlidir, güçlüdür.

Teknolojinin ve bireyselliğin aşırı gelişmesiyle birlikte içine sürüklendiğimiz narsistik bir hız çağının evlatlarıyız artık hepimiz. Çağın nimetleri giderek lanetimize dönüşmeye başlıyor ki sen de bunun farkındasın. Özgürleştikçe yalnızlaşıyor olmamıza anlam veremiyoruz. Başardıkça mutsuz hissediyoruz hatta başarmak bile yetmiyor çoğu zaman, başkalarının başarısızlığına ekmek gibi su gibi ihtiyaç duyanların sayısı hiç de az değil maalesef.

Romantizmi klişe bulup yerden yere vurduk kabul, ama yerine başka hiçbir şey koyamadık. Romantizmden boşalan koltuğa arzular, talepler, beklentiler ve kriterler yerleşti. İlişkilerin içi boşaldı. Anlamsız, yorucu ve yıkıcı güç savaşlarına dönüştü birliktelikler. Beş duyuyla yaşandığında anlam ve değer bulan ilişkiler, hız çağında artık sadece görme duyusuyla deneyimleniyor.

"Hayır bir de dokunma duyusu var" deme!

Dokunmak başka, temas etmek başka...
Dokunmak ve dokunduğunu hissetmek zaman ister.
Temas etmekse anlıktır.
Aşkta da, arkadaşlıkta da, dostlukta da kimseye dokunmuyoruz artık. Anlık temaslarla oyalanıyor ve bunu da kâfi buluyoruz. Sonra neden yalnızlaştığımızı sorguluyoruz, neden güvenecek kimsemiz yok, neden kimse bize destek olmuyor, neden kötü gün dostumuz yok, neden başarılarımızı içtenlikle alkışlayanlarımız yok, neden sırlarımızı korkusuzca dökebildiğimiz insanlar yok?
Çünkü biz de o aradığımız insan değiliz artık...

Karın tokluğunun lükse dönüştüğü çağımızda nasıl besleneceğiz sence?

"Bana dokunmayan yılan bin yaşasın" duygusuyla yeterince uzaklaşmadık mı birbirimizden?

Hayata ve kendine güvenini giderek yitiren insan daha öfkeli bir yaratığa dönüşüyor artık.

Neden?

Çünkü korkuyor. Aç kalmaktan, elindekini yitirmekten, çaresiz düşmekten, yenilmekten korkuyor. Hayatta kalmak için diğerinin yok olması gerektiği inancına kapılarak etrafındaki herkesi yok ederek yol almaya çalışıyor. Ne sevdiği kalıyor geriye ne seveni... Ne kötü gün dostu bulabiliyor yanında ne de onu sonuna kadar destekleyen, arkasında duran bir yürek...

İçindeki hayvanların kölesine dönüşüyor böylece... Kalbi cehennem yeri gibi... İçeride de dışarıda da bitmeyen bir savaş... Oysa barışı inşa etmeden karnını doyuramaz ki, içinde sulh ilan etmeden sevip sevilemez ki... Mutluluk, huzur, ilham, bereket, varlık, hoşluk, güven ve güzellik tam da buna bağlıdır halbuki...

Bu bilgiyi kullanabilmesi için elbette iyi bir ustayla yolunun kesişmesi lazım gelir. Cennet kendiliğinden oluşmaz. O bir tohumdur. Doğru toprağa ekilmesi ve beslenip büyütülmesi gerekir.

Peki tohum nerededir ve cennet bahçesine nasıl bakılır?

Bunlar çok önemli sorulardır elbette.

Tohum her yerdedir görebilene. Bilgi her yerdedir alabilene...

Görmeyi ve almayı nasıl öğreniriz peki?

Hazırsak eğer ustamız çıkar karşımıza...

Sen de ustalık yolunda emek veren bir çırak olmasaydın bu kitapta Şems'in öğretmenliğiyle kesişmezdi yolun. Yüzyıllardır anlatmaya devam eden bir öğretmendir Şems... Hiç susmamıştır doğduğu günden beri, göçtüğü günden beri...

Çırak hazırsa, ustanın sesini duyar çağlar ötesinden, hazır değilse kulağına da fısıldasan alamaz payına düşeni.

Yol bilinmezliklerle doludur ama o yolu güneş aydınlatıyorsa umut hep vardır.

Şems bir güneştir yol arkadaşım.

Adına güneş denmesi de boşuna değildir.

Tebriz'den yüzyıllar önce yükselmiş bir güneş olarak aydınlatmaya ve ısıtmaya devam etmektedir hâlâ öğrencilerini... Göçtüğünden beri sayısız çırağı ustalık mertebesine yükseltmiştir.

Öyle bir öğrenci yetiştirmiştir ki Mevlana adıyla dünyanın dört bir yanına her dilden, her kültürden insana ulaşmayı sürdürmektedir. Dolayısıyla görevlerinin sona erdiğinden söz edemeyiz hâlâ...

Ay ışığı nasıl ki gecelerin kör karanlıklarını aydınlık eder, Mevlana da karanlıklarda kıymetli bir fener olmaya devam etmektedir. Yazdığı kitaplarla, öğretileriyle, eğitimiyle, sözleriyle Mevlana çağımıza ışık tutar her daim.

Peki ay, bu güçlü ışığını nereden alır dersin?

Tabii ki güneşten...

Mevlana'nın Şems geldiğinde "Güneşim geldi" demesi ona duyduğu sevgiden ibaret değildir, bir görev zincirinin de tarifidir bu.

İkisi arasında her daim ay ile güneş ilişkisi hüküm sürmüştür.

Yani çok güçlü bir ısı ve ışık kaynağıyla bu güçlü kaynağın ışığını ve ısısını alabilecek yetenekte bir ay buluşmuştur.

> *"Onun ışığı vurmazdan önce ölü bir nakıştım sadece taş duvarlarınızda. O, elindeki yay ile vurmazdan önce tellerime; hep aynı nağmeyi (melodiyi) çalıp söyleyen, kendi sesine yabancı bir kuru rebaptım (keman benzeri bir enstrüman).*
> *Ben onun avucunda bağlar, bahçeler, ağaçlar görür; deryalar gibi geniş, deryalar kadar berrak sular görürüm. Onun avucunda çıkan ağaçların gölgesinde dinlenirim. Lakin siz bunların hiçbirini göremezsiniz."*
>
> – Mevlana

Elbette güneşin tabiatı, ayın tabiatı gibi değildir. Ay aldığı ışığı da ısıyı da yansıtır ama ortalığı yakıp kavurmaz.

Güneş hem ısıtarak hayat verir hem kavurarak yok eder.

Hem aydınlatır yol gösterir hem kör eder yoldan çıkarır.

Demem o ki Şems'in öğrencisi olmak pek de kolay bir iş değildir. İstiyor olmak yetmez. Göze almak da gerekir.

Hazırsan bu kez Şems'in aydınlatıcı ve kavurucu ustalığının peşine düşüp yeni bir yola daha çıkalım seninle...

Ustalar sınıfına hoş geldin yol arkadaşım...

> *"Keşke bendeki her şeyi alsanız da benim olanı bana verseniz..."*
>
> – Şems-i Tebrizi

-II-
SAHTE MÜTEVAZILIK

İyi Görünme Çabasıyla Baskılanan Değersizlik Duygusu

> *"Dürüstlük bir şehirdir,*
> *ben de o şehrin sultanıyım,*
> *onda kendim yaşayayım, kendim öleyim, kendim korunayım..."*
>
> – Şems-i Tebrizi

Mütevazı olmak; alçakgönüllülük göstermek, gösterişsiz olmak diye tarif edilebilir. Toplum kuralları açısından büyük bir erdem, güzel bir davranış, iyi bir huy, kıymetli bir terbiye olarak da taltif edilmiştir çok zaman.

Oysa mütevazılık bazen kişinin kendine yapabileceği en büyük haksızlıktır.

Çünkü kişinin kendiyle ilgili ***gerçeklik*** algısını tamamen yok eder.

Sırf kibre sapmamak, ukala görünmemek, kendini beğenmiş biri olarak başkaları tarafından antipatik bulunmamak, sosyal açıdan güç kaybı yaşamamak, kazanç sağlayacağı insanları kaybetmemek, herkesin kolaylıkla *"onaylayabileceği"* bir imaj yönetmek uğruna kullanılan mütevazılık kozu, bir zaman sonra insanın kendine yönelttiği silaha dönüşür.

Mütevazılık; çocuk yaşlardan beri bize iyi niyetlerle öğretilen, ama aslında yaşam kalitemizi aşağı çeken, bize kim olduğumuzu unutturan, kendimizle ilgili gerçeklik algımızı bozan bir tutum... Çünkü bir zaman sonra sadece iyi görünmek ve kazanç sağlamak için bir alışkanlığa dönüşen mütevazılığımız potansiyelimizi de beraberinde körelten, bizi yeteneklerimize ve özgünlüğümüze yabancılaştıran bir tehdide dönüşür.

Şimdi dürüst ol ve düşün lütfen:

Hakkında kötü bir şey düşünmesinler diye neler yaptın veya neler yapmaktan vazgeçtin?

"Soğuk ve kibirli biri olduğumu düşünmelerini istemiyorum. Bu yüzden akşam yemeğimi eşimle baş başa yemek yerine, iş arkadaşlarımla dışarı çıkmam daha iyi olur. İşyerindeki ilişkilerim sıcak olmalı. Sonuçta o şirketten para kazanıyorum."

"Benim için onca yolu kat etmesine izin vermeyeyim. Ne kadar kendini beğenmiş biri olduğumu düşünecek. Herkesi ayağıma çağırıyormuşum gibi olmasın. En iyisi kalkıp ben gideyim. Kendi de memnun olur. Zahmete girmediği için bana karşı daha sıcak davranır. Sorunsuz bir buluşma geçirmiş olurum en azından."

"Sonuçta komşudur. Ne kadar gürültü etseler de uyarmam ayıp olur. Öteki komşular uyarsın, ben hiç karışmayayım. Benimle ilgili iyi duyguları bozulmasın. Ben rahatsızlığına katlanırım."

"Yaptığım iş karşılığında herkesten ödeme alıyorum ama onun bana bu kadar ödeme yapmasını doğru bulmuyorum. Açgözlü, para düşkünü biri olduğumu düşünmesin. Bu durum maddi olarak beni çok zora sokmaya başlamış olsa da ondan hakkım olan ödemeyi talep etmemeliyim. Beni her zaman özel bulmalı."

"Bir hafta sonra ödeyeceğini söylediği halde altı aydır bana olan borcunu ödemedi. Konusu bile açılmıyor ama biz çok eski dostuz. Aramızda para gerginliği olamaz. Bana olan borcunu hatırlatamam ona. Beni hep yakın ve güvenilir biri olarak yanında hissetmesini isterim."

Karşı taraftan seninle ilgili bir algı satın almaya çalıştığında, bil ki en çok kendine yabancılaşırsın. "Aslında ben kimim?" sorusunun bir cevabını bulamazsın. Çünkü artık sen de bilmiyorsundur kim olduğunu. Başkasında yaratmaya çalıştığın algı ne ise, o algının insanı gibi davranmaya çalışırsın ki zamanla bu bir alışkanlığa dönüşerek seni sana bile unutturur.

"Sence ben nasıl biriyim?" diye etrafındaki insanlara sorular soranlar tam bu mütevazı kişilikleri yüzünden kendilerinin kim olduğunu unutmuş, kendilerini yolda kaybetmiş ve ne yapsalar da artık bulamaz olmuşlardır.

Bu yüzden en çok kime karşı mütevazı olmuşlarsa ister istemez onlara karşı bir güven geliştirirler ve sorarlar:

"Sence ben nasıl bir insanım?"

Karşı taraf da kendisine pazarlanmış olan algı üzerinden bir cevap verecektir doğal olarak ama değil mi?

Eğer ona karşı para düşkünü, açgözlü biri olarak görünmemek için çabalamışsa *"Sen çok eli açık, gönülden veren, paraya pula tamah etmeyen yüce gönüllü birisin"* cevabını işitecektir muhtemelen.

Oysa herkesin parayla bir ilişkisi vardır. Parayla ilişki kurmak açgözlülük etmek değildir ki. Mütevazılık ederek karşı taraftan satın aldığı bu algının kendinde gerçek bir karşılığı olmadığını görünce ne olacaktır?

Bocalayacaktır değil mi?

"Ben para düşkünü biri değilim ama parayla iyi bir ilişkim de yok. Bu işte bir yanlışlık var sanki..."

Bununla yüzleşmek kolay değil, kabul ediyorum.

Ama Şems'in öğrencisi olmak istiyorsan kendinle dürüst bir ilişki kurabiliyor olman gerekir. Kendindeki karanlık noktaları da samimiyetle, tarafsızca, yargılamadan, yermeden ve bunlardan kaçmadan, çekinmeden, küçümsemeden kabul edebilmelisindir.

Kim olduğunu değil, kimin gözünde nasıl biri olarak algılanmak istediğini daha fazla önemsemek zorunda kaldığın bir dünyada yaşıyorsun zaten.

Bu narsistik hız çağını *"imajlar devri"* olarak tarif ediyor sosyologlar. Artık içeriğin ne olduğu önemli değil, pazarlanan imaj ne kadar ikna edici ya da ne kadar ikna edici değil?

Bütün mesele bu...

"Sosyal medyada kitle edinmek istiyorsan şöyle görünmelisin, böyle yapmalısın" eğitimleri satılıyor artık. İnan katılımcı sayıları hiç de az değil.

İş görüşmesine giderken diplomaların kadar nasıl giyineceğini bilmen gerektiği de dayatılıyor sana. Mesela şık ve temiz olmalısındır ama pahalı markaların logolarının göründüğü kıyafetler maaşlı bir iş görüşmesinde olumsuz etkiler bırakabilirmiş.

Yani işi alamama ihtimalin daha da artarmış. Bildiğin yabancı dillerin, aldığın eğitimlerin ne yazık ki önemi kalmıyor bu durumda değil mi?

Ne kadar üzücü...

İlişkiler üzerine satılan destek paketlerinin haddi hesabı yok. Ne sen sor ne ben söyleyeyim. *"Onu nasıl elde ederim?"* çalışmalarından tut *"Ona nasıl acı çektiririm?"* seanslarına kadar varıyor iş. Bütün bunları yapabilmen için takınman gereken ve aslında hiç sana benzemeyen imajlar satın alıp uygulamak zorunda bırakılabiliyorsun ne yazık ki.

Başkalarının gözünde imajın uğruna gösterdiğin her çaba, yani her sahte mütevazılık yaşam kaliteni işte bu şekilde bozuyor olacak.

Para düşkünü biri olup olmadığını bile başkalarına sorma ihtiyacı hissedeceksindir bir zaman sonra.

İyi biri olup olmadığını sorgulamaya başlayacaksındır belki. *"Sence ben iyi biri miyim, mutlu olmayı hak etmiyor muyum?"* diye soracaksındır dışarıya.

"Sence kötü bir sevgili miyim?"

"Sence cömert miyim?"

"Sence güzel miyim?"

"Sence ben başarabilir miyim?"

"Sence yetenekli miyim?"

"Sence bu bana olur mu?"

"Sence bu bana göre mi?"

"Sence bunun için uygun muyum?"

"Sence bu benim hayat biçimime uyar mı?"

"Sence benim hayat biçimim ideal mi?"

Her şey ama her şey hep dışarıdaki başkasının vereceği cevaba bağlı gibidir artık.

"Sence ben kimim?"

Dünyanın en acıklı sorularından biridir bana göre.

"Çilekli dondurma mı seversin, çikolatalı mı?" diye sorduğumda *"Bilmem, çilekli de severim, çikolatalı da, fark etmez"* diyen o kadar çok insan gördüm ki.

Böyle olmaması gerektiğini anlatmaya başladığımda bu kez daha net ve kesin cevaplar gelmeye başlar genellikle doğal olarak.

"Ben çilekli dondurma severim, çilekli değilse ağzıma bile sürmem."

"İkisini de sevmem, kesinlikle limonlu dondurma tercih ederim, bunun için gerekirse ekstra para harcarım."

Oysa kendileri de kendilerine karşı dürüst olmadıklarının farkında oldukları halde insanın kendine yabancılaşmasının acısıyla baş edebilmek için mecburen bir tercih yapmak zorunda hissederler.

Halbuki kendi de limonlu dondurma için ekstra para harcamayacağını biliyordur, hatta belki aslında dondurma bile sevmiyordur.

Kendine yabancılığının üstesinden gelmek için bu kez kendini maniple etmeye başlayacaktır tabii.

Başkasının gözünde yaratmak istediği imaj için ne kadar emek verdiyse bu kez kendi gözünde kendine nasıl görünmek istediğini belirleyip buna göre tavır alacaktır.

Kısacası hiç sevmediği halde aslında limonlu dondurmayı çok sevdiğine ikna olacaktır bir noktada...

Şems'in ilk dersi budur biliyor musun?

Seni sana yabancılaştıracak, seni senden ve kim olduğundan uzak düşürecek her şeyden ama her şeyden temizlenebilme cesareti göstermeni ister.

***

Bir gün Bağdat şehrinin büyük âlimlerinden birini görmeye gider Şems-i Tebrizi, ondan bir şey öğrenme umudu taşımaktadır içinde. Çocukluğundan beri hep meraklıydı tabiatı... Sorar, araştırır, inceler, düşünür, arar, bulur, tartar, hesaplar, muhakeme eder.

O gün aradığı âlimi bulunca neyle meşgul olduğunu sorar hemen.

"Ayı leğendeki suda görüyorum" diye cevap verir Bağdat'ın meşhur âlimi.

Şems'in bakışları kuşkuludur.

"Boynunda çıban yoksa neden başını kaldırıp da onu gökte görmüyorsun? Kendini tedavi ettirmek için bir hekim bulmaya bak. Böylece, neye bakarsan gerçekten bakılmaya değer olanı onda görürsün" der.

Bağdat'ın meşhur âlimi Şems'in ellerine sarılıp onun öğrencisi olmak istediğini söyler lakin Şems *"Sen benim dostluğuma, yoldaşlığıma dayanamazsın!"* der.

Bağdat'ın meşhur âlimi öğrenci olmakta ısrarlıdır ama.

Sonunda Şems *"Tamam"* der.

Bağdat Pazarı'nın orta yerinde birlikte şarap içmek şartıyla bu teklifini kabul edebileceğini söyler ona.

Âlim *"Olmaz"* der gibi başını sallar iki yana. *"Bunu yapamam. Halk ne der sonra, yıllardır bu halk bana saygı duydu, beni şarap içerken görürse halim nice olur?"*

Şems buna da *"Tamam"* der. *"O halde benim için bir testi şarap bulup getirir misin?"* diye sorar.

Bunu da katiyen yapamayacağını bildiren âlim kişiye son bir fırsat daha verir ve "Peki ben şarap içerken sen bana arkadaşlık eder misin?" diye sorar. "Ancak o zaman öğrencim olabilirsin."

Buna da olumsuz yanıt alınca *"Erlerin huzurundan uzak ol!"* der Şems:

"Bana arkadaş olamazsın. Sen hâlâ itibarım, şanım, şöhretim demektesin. Bu endişelerle benim yürüdüğüm yollara çıkamazsın. Gerçek sufi odur ki bin yılda sahip olduğu itibarı bir saniyede yıkıp yok etmekten korkmaz. Başkalarının ne dediği onun zerre umurunda olmaz. Yaptıklarını ne şan, ne itibar, ne de saygı için yapar. Başkalarının onu yermesi, eleştirmesi kalbinde zerre etki yaratmaz, aynı şekilde başkalarının onu övmesi, yüceltmesi de zerre kadar etkilemez."

***

"Başkaları yokmuş gibi yaşa" demez Şems... *"Başkaları için kendini kaybetme"* der. *"Başkaları ne der diye kendinden vazgeçme"* der.

İşte bu noktada kendinin kim olduğundan emin olman çok ama çok önemli...

Kabul ediyorum, Şems'in gösterdiği bu ilk yol elbette kolaylıkla aşılabilecek bir yol değil ama çok güçlü, çok aydınlık ve özgün bir yol...

Her zaman iki seçeneğin olduğunu bil. Doğru ya da yanlış değil. İki başka yol, iki başka deneyim... İkisinin de güçlükleri var, ikisinin de kolaylıkları var. İkisinin de bedelleri var, ikisinin de ödülleri var.

Burada mühim olan denge unsurunu korumak olacaktır.

Unutma ki aşırılıklar yıkıcıdır.

Aşırı mütevazılık sahte mütevazılığa dönüşür ve yıkım yaratır.

"Ben çok iyi bir öğretmenim. İngilizceyi hiç zorlamadan, yormadan öğretirim bir çocuğa. Çünkü işimi seviyorum ve her çocuk için bambaşka bir öğrenme yolu üretebilme kabiliyetine sahibim"

demek eğer doğruysa kibir değildir. Ukalalık değildir. Kendini beğenmişlik değildir. Pazarlama biçimi değildir.

Eğer gerçekten bu yeteneğe sahip bir öğretmensen bunu ifade etme biçimini sırf karşındaki seni kibirli ya da kendi reklamını yapan bir budala gibi görmesin diye *"Ben de herkes gibi iyi bir öğretmenim, elimden geleni yapacağım"* dediğinde kendi becerini, kendi gücünü, yeteneğini, eğitimini aşağılamış olmaz mısın?

Paraya ihtiyacın olduğu halde verdiğin borcu sırf karşı tarafta yarattığın bonkör imajın, tuzla buz olmasın diye dile getirmediğinde kendine, emeğine, kendi parana, dostluğuna ve verdiğin güvene ihanet etmiş olmaz mısın?

Bu soruları hemen yanıtlamak zorunda değilsin.

Ama kendini bulmak, özgür ve özgün olan senle tanışmak yolunda bir adım atıyorsan bunları sorgulamak zorundasın.

Şems, her şeyi bir kalemde silebilecek cesareti göstermesini beklemişti Mevlana'dan. Şanı, şöhreti, itibarı, kitleleri, saygınlığı... Başkalarının gözünde var ettiği bütün imajları tek kalemde silebilecek gücü, zekâyı, cesareti, iradeyi görmek istemişti onda ama emin ol bu hız çağının insanına aynı şeyi söylemezdi.

"Bir kalemde silip at" demezdi.

Neden?

Çünkü 200 km hız yapan bir araçtan derhal inmeni istemekten farksız bir talep olurdu bu. O hızdaki bir aracın kapısını açtığında ölürsün.

Şems ve Mevlana'nın yaşadığı çağın hızıyla bu çağın hızı aynı değil.

Bunun farkında ve bilincinde bir öğretmenin öğrencisi olarak sana rehberlik edeceğimden emin olabilirsin.

Dolayısıyla başkaları için yaptığın her şeyden hemen şimdi vazgeçmeyi deneyemezsin, ben de bunu söyleyemem sana çünkü bir uçak kadar hız yapan bu aracın kapısını açtığın an yere çakılırsın.

> *"Kendimizin dörtte üçünden*
> *başkaları tarafından sevilmek için yoksun kalıyoruz."*
> – Arthur Schopenhauer

O halde nasıl ilerleyeceğiz?

Başlangıç için iyi bir ev ödevim var.

Hayatındaki insanlara *"Sence ben nasıl biriyim?"* diye sor ve her birinin cevabını onları yargılamadan ve yönlendirmeden al... Yazıp biriktir.

Biliyorum *"Ben aslında kimim?"* sorusunu kendine sormamı bekliyordun ama bu sorunun cevabını biliyor olsaydın Şems'in öğretmenliğine ihtiyaç duymazdın. Dolayısıyla içeridekine soru sormak için şimdiye kadar dışarıdan satın aldıklarını senden ayıklamaya başlamamız gerekiyor.

Etrafındaki insanlardan cevaplar aldıktan sonra sosyal medyadan da veri toplamaya başla... Yüzünü bile görmediğin insanların senin hakkında fikir sahibi olduklarını fark et... Onların seni nasıl gördüğünü, nasıl değerlendiğini öğren ve bunun nasıl mümkün olabildiğini düşün.

Hepsini tek tek oku, hepsine tek tek bak.

Kimine göre iyisin, kimine göre kötü...

Kimine göre güzelsin, kimine göre çirkin...

Kimine göre başarılısın kimine göre lüzumsuz...

Kimi senin yerinde olmak istiyor, kimi iyi ki senin yerinde olmadığı için şükrediyor.

Kimi seni çok sevmiş, kimi adını bile unutmuş.

Kimi senden memnun kimi yüzünü bile görmek istemiyor.

Kimi için iyi ki doğdun kimi için doğmaz olaydın.

Hepsi sensin ve hiçbiri sen değilsin aynı zamanda...

Bu çalışma için aceleci davranmanı istemiyorum kesinlikle... Yeterince hızlı bir aracın içinde yolculuk ediyorsun zaten. Üç hafta ver kendine... Başkalarının gözündeki seni incele. Başkalarının gözündeki kendine bak. Onlarda yarattığın imajlarla yüzleş.

Kime neden sahte mütevazılıklar göstermek zorunda kaldığına bak dürüstçe.

Belki çok âşık oldun, seni daha çok sevsin diye ve onu hiç kaybetmemek için onun gözünde olmak istediğin gibi var ettin kendini.

Belki o işe çok ihtiyacın vardı, iyi para kazanıyordun ve bu yüzden nasıl algılanmak ve nasıl görülmek istiyorsan öyle yönlendirdin, şekillendirdin kendini?

Bütün bu deneyimlerin hepsine yakından bak. Hepsini cesaretle incele.

Hayır.

Asla yargılama, asla suçlama kendini.

Hiçbirinden vazgeçmek zorunda da değilsin üstelik.

Sadece hangisini onlar için hangisini kendin için yaptığının farkına varmanı istiyorum senden.

Birinden ya da bir düzenden, var ettiğin bir sistemden vazgeçmek zorunda kalmadan bak olan bitene...

Nerede başkası için kendinden vazgeçtin?

Nerede en çok kendin için var olabildin?

Bu ikisinin farkına varmış olman bile, bambaşka bir evrenin kapılarını aralıyor olacaktır sana.

Peki ama neden?

Çünkü bütün bunları yapmana neden olan o temel duygunun ne olduğunu anlayacak, bununla nasıl baş edebileceğini öğreneceksin.

Bütün bunların bir sebebi vardı elbette.

Sana bütün bunları yaptıran bir neden.

Değersizlik duygusu...

Onların hayalindeki insan olmak istedin daha çok sevilmek için, daha çok onaylanmak için, daha mutlu ve güvende hissetmek için.

Kendin gibi olduğunda, onlar için bir şey yapmadığında sevilmek için yetersiz buldun kendini.

Hiçbir şey yapmadan da yürekten sevilecek bir insan olduğuna sen bile inanmadın...

Hadi gel, konuya şimdi biraz da buradan bakalım.

> *"Derdin kendindendir bilmiyorsun,*
> *derman yine sendedir görmüyorsun.*
> *Koskoca âlem içine yerleştirilmiş,*
> *sen kendini hâlâ küçük bir şey mi zannediyorsun?"*
>
> – Mevlana

"Değer" senin için ne demektir?

"Değerli" dediğin şeyler neler?

Milyonlarca takipçisi var, çok değerli bir fenomen.

Çok değerli bir şirket, trilyonlarca dolar kazanıyor, yüz binlerce insan istihdam ediyor.

Araba fiyatına satılan bir çanta, çok değerli markanın ürünü.

Paramızın artık bir değeri yok, bir telefon için bizim aylarca çalışmamız gerekiyor, Avrupalılar ilk maaşlarıyla alabiliyorlar o telefonu. Paraları çok değerli...

Bir malın veya hizmetin maddi olarak karşılığının ne olduğunu, onun gerçek değeriyle ilgiliymiş gibi algılıyoruz artık.

Değerli bir insan diye duygusal olarak yaptığımız tariflerin bile bir neden-sonuç ilişkisi var aslında.

"Çok dil biliyor, çok okul okumuş değerli bir insan."

"Çok okul yaptırmış değerli bir işadamı."

"Memlekete büyük hizmetleri dokunmuş değerli bir bilim insanı."

Yani bir şeyin değerli olması için ille "fayda" düzeyinde bir getiri sağlamış olması gerekiyor. Dolayısıyla tam da bu yüzden çoğumuz yeteneklerimizin, becerilerimizin ve potansiyelimizin paraya dönüşebildiği oranda değerli olduklarına inanıyoruz.

Paraya dönüşmeyen bir ses kabiliyetini değerli bulmuyoruz mesela değil mi?

Paraya dönüşmeyen bir el işçiliğini değerli bulmuyoruz.

Fayda sağlamamış birini değerli görmüyoruz.

"Beş para etmez adamsın" deyişimiz bile değer kavramının parayla ilintili olduğu inancımızdan doğmuştur aslında.

Yeni bir iş ya da yeni bir dil öğrenen insanı tebrik ederken bile *"Koluna altın bileziği taktı yine, aferin"* diyerek paraya dönüşecek bir beceri edinebildiği için kutsuyoruz aslında. Bu kişi bizim gözümüzde artık dünyanın her yerinde başının çaresine bakabilir çünkü değere yani paraya dönüştürebileceği bir beceriye sahip...

Demem o ki farkında bile olmadan değeri parayla ölçüyoruz ve eğer yeteneklerimiz para ediyorsa ya da para getirecek bir işe vesile oluyorsa kendimizi değerli hissediyoruz.

Halk arasında çirkin bir deyiş vardır:

"Kızın başını boş bırakırsan ya davulcuya varır ya da zurnacıya..."

Yani para etmez becerilere işaret edilmektedir yine. Davulcunun ya da zurnacının değeri nedir ki, yaptığı iş kaç para getirir ki aşağılamasıyla söylenmektedir. Ama aynı kişi Berlin Senfoni Orkestrası'nda bir konser piyanisti olsa ne kadar değerli bir müzisyenden söz edilecekti değil mi? Yani birinin becerisi diğerinin becerisinden daha çok para ediyor diye ona değerli, diğerine değersiz diyoruz.

> *"Bir hamamböceği öldürdüğünde kahraman,*
> *bir kelebek öldürdüğündeyse şeytan ilan edilirsin.*
> *Ahlakın estetik standartları vardır."*
>
> – Friedrich Nietzsche

Değer kavramının içine sayılar karıştığında, ne yazık ki yaşanan süreç psikolojik açıdan da karmaşaya yol açar.

Kaç para kazandığın, kaç takipçinin olduğu, kaç beğeni aldığın, ne kadar izlendiğin, kaç yaşında olduğun, boyunun ve belinin kaç santim olduğu, kaç kitap yazdığın, kaç okul yaptırdığın, kaç okul okuduğun, kaç fidan diktiğin, kaç hayvan beslediğin, kaç evinin olduğu, kaç kez evlendiğin, şimdiye kadar kaç sevgilinin olduğu gibi rakamsal verilere göre daha değerli ya da daha değersiz olduğumuza kanaat getirilecekse bir puan bile eksik kaldığımız alanlarda travmatize mi olacağız yani?

Biliyorum kulağa komik geliyor ama toplumsal psikolojimizin temel dinamiklerine bütün rakamlar dahil artık. Sadece Türkiye'de değil elbette bütün dünya kimin değerli kimin değersiz olduğuna rakamlar üzerinden karar veriyor.

Bu bağlamda karşılaştığım travmaları ve baş edilemeyen değersizlik duygularının yol açtığı yıkımları ele alacak olsam ayrı bir kitap olur. *"Değer ve değersizlik travmaları"* üzerine pek çok sorunla karşılaşıyorum.

"Daha önce bir evlilik yaptığım için beni sevmeyeceğini düşünüyorum. Hiç evlenmemiş olsaydım kesinlikle âşık olurdu bana."

"Onunla tanışmadan evvel beş kez âşık olduğumu ve onlarla farklı zaman aralıklarında mutsuzlukla noktalanan ilişkiler yaşadığımı itiraf edince soğudu benden."

"On kilo daha zayıf olsaydım başvuru yaptığım şirkette işe alınma şansım yüksekti."

"Bir gecede 10 bin takipçinin nasıl gittiğini anlamadım... Hepsi vazgeçti benden. Yok oldum... Bununla barışamıyorum bir türlü. Psikolojim çok bozuldu. Çok kırgınım..."

"Sekiz santim daha uzun olsaydım takıma girebilirdim."

Bunlar gibi sayısız örnek verebilirim karşılaştığım vakalar arasından. Hepsi birkaç rakam üzerinden kendilerini dünyanın en değersiz insanları gibi hissediyorlardı.

Daha önce bir kez evlendiği için kendini değersiz hisseden kadın, ikinci evliliğe layık görmüyordu kendini. İkinci kez nikâh masasına oturacağı adamın onu yeterince sevmeyeceğine inanıyordu. İnsan sadece bir kez evlendiğinde mi değerlidir?

Daha önce erkek arkadaşları olduğunu itiraf eden genç kız, geçmişinden utanç duyduğu için yakınıyordu bana. Beş kişiye değil de iki kişiye daha önce âşık olmuş olsaydı şimdi daha değerli bir sevgili mi sayılacaktı yeni erkek arkadaşı açısından? Peki ya altı kez flört etmiş olsaydı iyice mi değersizleşecekti, insan içine de mi çıkmayacaktı yani? Ne kadar değerli bir sevgili olup olmadığı daha önceki flört sayısıyla ilişkilendirilebilir mi? Bu bir akıl tutulması değil mi? Bir mantık yitimi değil mi?

Bütün aranan kriterlere sahip olduğu halde bir çalışanın fazladan on kilosu yüzünden işe alınmadığı inancını külçe gibi bir gerçeklik olarak hiç çekinmeden ortaya koyabilen bir sistemin, kapitalist zorbalığından söz etmeyip çalışanın on kilosu yüzünden kendini değersiz hissetmesinden söz etmek hepimizin kolayına gelir değil mi?

Peki ya kim oldukları dahi bilinmeyen on kişiye karşı duyulan on bin tane kalp kırıklığını nasıl açıklayacağız kendimize? Yüzünü görmediği insanların sayıca azalmasından dolayı ağır depresyon yaşayan bir insanın kazandığı takipçilerle kendini yeniden değerli hissetmeye başlaması aslında bir tedavi değil ki? Yüzleşmek istemediği değersizlik duygusunu baskılayıp erteliyor sadece.

Değersizlik duygusu ya azla ya da çokla dışa vurur kendini: Yani ya aşağılık kompleksi gösterir insan ya da üstünlük kompleksi... İkisinin de temelinde değersizlik duygusu vardır.

Aşağılık kompleksi gösteren kişide hep kendini ispatlama kaygısı görülür, her yerde hep bir var olma ve onaylanma çabası içindedir. Bireysel psikoloji ekolünün kurucusu kabul edilen Alfred Adler tarafından ortaya atılan aşağılık kompleksi kavramı, kişinin kendini diğerlerinden aşağıda görmesidir. Yetersiz ve eksik hissetmesidir. Hayata bir çukurun içinden bakıyor gibidir adeta. Herkes yukarıdadır, iyidir, değerlidir, bir tek kendisi aşağıdadır, çukurun içinde tek başınadır. Alfred Adler'e göre aşağılık kompleksinin nedenleri özgüven eksikliği, saplantı bozuklukları ve kültürel yozlaşmadır.

İnsanı harekete geçiren iki unsur olduğunu ileri sürmektedir. Biri aşağılık kompleksi diğeri ise üstünlük kompleksi... Dünyada herkesin bu duyguları deneyimlediğini söylemektedir.

Üstünlük kompleksi gösteren kişinin de temel duygusu değersizlik hissidir ve özgüven eksikliği yüzünden bu davranış biçimini ortaya koymaktadır. Üstün olma isteği, yaşadığı değersizlik hissini baskılama arzusundan kaynaklanır. Çoğunlukla marka düşkünü olurlar. Pahalı saatlerini ya da arabalarını sergilemek, başkalarının gözüne sokmak isterler. Sosyal medyada da aynı algıyı yaratırlar. Kendilerine ait olmayan otomobillerle ya da teknelerle fotoğraf çektirip paylaşırlar.

Garson, otopark görevlisi, komi gibi hizmet aldıkları insanlara karşı aşağılayıcı ve öfkeli tavırlar sergilerler. Eleştiriye kapalıdırlar. *"Sen kimsin ki, önce kendine bir bak"* argümanına can simidi gibi sarılırlar.

Üstünlük kompleksi gösteren birini nasıl tanırız?

Konuya biraz daha yakından bakalım istersen çünkü üstünlük kompleksi gösteren pek çok farklı tipoloji söz konusu:

Aşağılayıcılar: Üstünlük kompleksi gösterenler kusur bulmak konusunda ustalaşmışlardır adeta. Üstelik fazla eleştirel bir üslupları vardır. Karşısındaki insanın kendini kötü ve değersiz hissetmesi için elinden geleni yapar. Çünkü aynı hisleri kendi de taşımaktadır ve kendindeki bu kötü hisleri başkasına transfer edebilmenin çabası içindedir.

İlgi çekiciler: Dikkat çekmek çok büyük bir üstünlük göstergesidir. Bunu başaramadığında kendini çok eksik, yetersiz ve öfkeli hissedecektir. Dolayısıyla her ortamda fark edilmek için sahip olduğu malzemeleri kullanmanın yoluna gidecektir. Ya en yoğun parfümü o sıkacaktır ya en gürültülü o konuşacaktır, ya en şakacı en komik insan o olacaktır, herkesi güldürecektir, ya en dikkat çekici kıyafeti o giymiş olacaktır, pahalı alışverişe gücü yetmiyorsa ya saç kesimiyle ya dövmeleriyle, ya aksesuvarlarıyla ama ille bir malzemeyle başkalarının dikkatini üzerinde toplamayı başaracaktır.

Bu tip insanlar komiklikler yapmaya çalışarak, sürekli başkalarının sözlerini kesip araya girerek, bazen çok gülerek, bazen çok ağlayarak, bazen tamamen gösteriş amacıyla erkekliğini/kadınlığını kullanarak fark ediliyor olmanın yolunu bulacaktır.

Grubun odağına yerleşmeyi ne kadar başarabilirlerse o kadar değerli hissederler kendilerini. Ne var ki ilgi çekmeye çalıştıkça daha da itici olurlar. Değerli hissetmenin peşinde koşarlarken giderek daha da değersiz bulunurlar.

Rakamcılar, belgeciler: Üstünlük kompleksi gösterenler yüksek rakamlarla ilgilidirler tabii ki. Okuldaysa eğer, en yüksek notu o almak ister. İş hayatında aldığı sertifikalarla, onur belgeleriyle, teşekkürlerle, nişanlarla ofisleri tıka basa doludur, hepsini eksiksiz sergiler. Sürekli başarılarından, ödüllerinden, zaferlerinden söz eder. Yeni tanıştığı insana "Hangi okulda okudun, hangi dereceyle okulu bitirdin, not ortalaman kaçtı?" gibi sorular sorabilir. Çünkü o kendini aldığı notlarla değerli hissetmektedir. Başarı belgeleri kadar değerlidir.

Soğukkanlılar: Duygularını gizleyebiliyor olmak da üstünlük kompleksi gösteren insanların başarısıdır. Soğukkanlı görünürler, hiçbir şey onları etkilemiyor gibidir. Aşk acısı vız gelir tırıs gider, bir kalemde siler geçer, dönüp arkasına bakmaz, gitme kal demeye tenezzül etmez, giden güle güle gider, bir daha da geri dönemez. Büyük laflar ederler, büyük gösterişler yaparlar ama çoğunlukla altı boştur.

Hatasızlar: Hatasızlar sütten çıkmış ak kaşıklardır. Hatasız görünmek için büyük çaba gösterirler. Onların hiç yanlışı yoktur. Eğer bir yanlış varsa o kesinlikle bakan kişinin gözündeki bir sorundur. Ortaya dökülen her suç başkasına aittir, onun katiyen ilgisi yoktur. Hatasızlar, her hatayı kendi kusursuz imajları için bir avantaj olarak kullanırlar.

> *"Bir işi bilen yapar,*
> *az bilen akıl verir,*
> *bilmeyen eleştirir,*
> *yapamayan da çamur atar."*
>
> – Konfüçyüs

Aşağılık ve üstünlük komplekslerinin temelinde derin bir değersizlik duygusu yatar. Alfred Adler'in de işaret ettiği gibi her insan değersizlik duygusunu bir parça hisseder, hatta bu onun itici gücü bile sayılır. Ancak değersizlik duygusu insanın kişiliğinin, yapısının bir parçasına dönüşmüşse orada patoloji de başlar.

Ancak unutmamak lazım ki değersizlik, kişiliğimizin bir parçası değildir. Bizi değerli kılacak olan şeyse yaşam yolculuğumuz boyunca kendimizden vererek karşı taraftan satın aldıklarımız da olmayacaktır.

Şems'in de *"Ama halk ne der sonra?"* kaygısından dolayı Bağdatlı âlime *"Sen bana arkadaş olamazsın"* derken ondan beklediği her şeyi bir kalemde silebilecek cesareti göstermesinden ziyade insanın kendini değerli hissetmek için başkasından aldıklarına odaklanmaması gerektiği bilincini uyandırmaktır.

Yani mesele şu ana kadar sahip olduğun her şeyi bir kalemde silip atabiliyor musun yoksa atamıyor musun meydan okumasına cevap vermek değil. Bu ucuz bir şövalyelik olur sadece. Altı boş bir yiğitlik olur.

Şems hiçbir zaman içi boş yiğitliklerden hoşlanmaz. Ne bilginin kölesidir ne de aşkın. O her zaman derin ve gerçek bir aydınlanmanın arayışı içindedir. Bunun için de aradığı cesaret "Bir kalemde siler giderim" cesareti değildir, kişinin nerede ne uğruna kendinden vazgeçmeye başladığını fark etmesini bekler Şems. İşte tam da bu zekâyı kullanabilme cesaretini arar insanda. Mevlana onun gözünde her şeyi bir kalemde silip atabilen gözü kara, temeli boş bir şövalye değildir. Mevlana, dışarıdaki insanların gözünden kendine satın aldığı itibar uğruna kendinde nelerden vazgeçtiğini, nerede başkasına göre şekil almaya başladığını, dışarıdaki için içeridekini feda ettiğini kavrayıp bu yolda bundan sonra ne yapmak gerektiğini fark edecek yüksek zekâya ve duyarlılığa sahip bir gönüldü.

Kimse senden içi boş bir şövalyelik yapmanı bekleyemez ama nerede kendinden vazgeçmeye başladığını fark edersen, dışarıya bağlı olmanın yarattığı değersizlik hissini de alt etmeyi başarırsın ki bu Şems'in öğrencisi olmak yolunda çok büyük ve kıymetli bir adım sayılır.

Değer Testi

Hadi şimdi seninle bir test yapalım. Kendini ne kadar değerli ya da değersiz buluyorsun öğrenmek ister misin? O halde soruları yanıtla, cevaplara birlikte bakalım.

Aşağıdaki her cümleye 1 ile 5 arasında bir puan ver.

1- Hiç
2- Çok az
3- Ne çok ne da az
4- Epey
5- Çok

1. Başkalarının eleştirilerinden ne kadar korkuyorsun?
2. Başkalarını kırmaktan ve üzmekten ne kadar imtina ediyorsun?
3. Başkalarının sözlerinden ne kadar kırılıyorsun?
4. Başkalarının davranışlarına ne kadar kırılıyorsun?
5. Anlaşılma kaygın ne düzeyde? *(Karşı taraf beni ille doğru anlasın, katiyen yanlış anlamasın kaygısı.)*
6. Kendini başkalarına ne kadar beğendirmeye çalışıyorsun?

7. Fark edilmemek için ne kadar çaba gösteriyorsun? Yani kendini kalabalık ortamlardan ve kişilerden soyutluyor musun?

8. Başkalarının takdirine ne kadar ihtiyaç duyuyorsun?

9. Başkalarından sırlarını ne kadar gizlemeye çalışıyorsun?

10. Ne kadar güçlü görünmeye çalışıyorsun?

11. Ne kadar mükemmeliyetçisin?

12. Ne kadar paraya ya da kariyere ve başarıya önem veriyorsun?

13. Ne kadar iyi ve dürüst biri olarak bilinmek için çaba harcıyorsun?

14. Farklılıklarını başkalarından gizlemek için ne kadar uğraşıyorsun? Örneğin din, hayat ve sosyal konularda diğerlerinden farklı görüşlere sahip olduğunu ne kadar gizleme ihtiyacı duyuyorsun?

15. Hiç onaylamadığın halde tartışma çıkmasın, sorun yaşanmasın diye diğerlerini ne kadar onaylamak zorunda kalıyorsun?

16. Başkalarının beklentilerini ne kadar karşılamaya çalışıyorsun?

17. Kendini ne kadar acındırıp zayıf görünmeyi tercih ediyorsun?

18. Kendini ne kadar savunuyorsun?

19. Bir ortamda varlığın ile yokluğun ne kadar hissediliyor?

20. Tanınmış biri olma isteği duyuyor musun?

Değerlendirme:

22 puan ve altı:

Kendine güvenin son derece yerinde. Özgüven sahibi biri olduğun söylenebilir. Değersizlik duygusu deneyimlemiyorsun.

40 puan ve altı:

Özgüvensiz biri olduğun söylenemez ama değersizlik duygusu da yaşamıyor değilsin. Bazı alanlarda kendinden ödün vermek zorunda kalıyor olabilirsin. Buna izin vermemek için mutlaka bir önlem almak isteyeceksindir. Değersizlik duygun yüksek olmadığı için bu sorunu kendi içinde çözme yoluna gideceksindir.

62 puan ve altı:

Hayatını içinde yaşadığın değersizlik duygusunun yönettiği söylenebilir. Her ne kadar başkaları tarafından maniple edilecek kadar tehlikeli bir seviyede bulunmasan da bu konuyu ciddiye alman ve onarmak yoluna gitmen yaşam kaliten ve ruh sağlığın açısından çok önemli.

80 puan ve altı:

Yüksek derecede değersizlik hissediyorsun. Hayatın anlamını sorguladığın, hiçbir şeyden keyif almadığın, hiçbir şeye inanmadığın ve anlamlı bulmadığın için yalnızlaşıyor ya da öfkeleniyor olabilirsin. Bir profesyonelden destek almayı deneyebilirsin.

100 puan ve altı:

Özgüvenini neredeyse tamamen yitirmişsin. Başkalarının onayına, desteğine, varlığına, sevgisine, ilgisine, yardımına hem çok ihtiyaç duyuyorsun hem de buna çok öfkeleniyorsun. Kendini değerli hissetmek için dışarının onayına fazlasıyla ihtiyaç duyuyor olman seni kendine de yabancılaştıracak ve kendine karşı da öfke beslemene neden olacaktır. Müzik dinlemek, telefonları kapatmak, sevdiğin şeyleri yapmak, sınırlarını belirlemek dışında çok daha radikal kararlar alman gerekebilir. Bunun için bir profesyonelden destek alabilir, onun rehberliğinde bu süreci çok daha verimli bir deneyime dönüştürebilirsin.

Kendini değerli hissetmek için kimseye ihtiyacın yok!

Kendini değerli hissetmek için kimsenin bir şey yapmasına gerek yok. Kimsenin desteğine, onayına ve sevgisine muhtaç değilsin. Önce sen onaylamalısın kendini. Sen güvenmelisin kendine. Kim olduğundan ve neler yapabileceğinden emin olmalısın. Kimsenin sana atfedeceği özelliklerle yolunu bulmaya çalışma. Kimse sana gerçekdışı yüksek değerler vaat edemeyeceği gibi kimse değerinden bir parça dahi eksiltemez. Dışarıdakilerin övgüsü de yergisi de senin değerli olup olmaman üzerinde bir tesir yaratamaz. Bunlar birbirlerinden çok uzak, bambaşka kavramlar.

Değerle ilgili sıkça anlatılan bir hikâye vardır.

Bir öğretmen gençlerin sınıfına girer ve cebinden yirmi dolar çıkarıp gösterir:

"Çocuklar, 20 dolar isteyen var mı?"

Hepsi gülüşürler tabii. El kaldırırlar:

"İsteriz!"

Sonra öğretmen 20 doları hırpalamaya başlar. Buruşturur, avucunda limon gibi sıkar ve aynı soruyu bir daha sorar:

"Bu 20 doları hâlâ isteyen var mı?"

Gençler şaşırmışlardır, bir anlam veremezler ama tabii ki 20 doları hâlâ isterler. Neden olmasın ki? Eller yine kalkar havaya.

Öğretmen bunun üzerine 20 doları daha da hırpalamaya başlar. Ayağının altına alıp ezer. Bazılarının yüzü buruşur, midesi bulanır. *"Iyy"* derler.

Soru yine tekrarlanır:

"Bu 20 doları hâlâ isteyen var mı?"

Gençler paranın başına gelenler yüzünden üzülmüş gibidirler ama sonuçta para paradır. Ellerini kaldırıp *"Evet"* derler.

"Pekâlâ" der öğretmen. *"Siz de bu 20 dolar gibisiniz işte çocuklar. Başınıza kötü şeyler gelebilir, yerli yersiz hırpalanabilirsiniz, hayatta her şey yolunda gitmeyebilir, bazıları ayaklarının altında bile ezebilir sizi. Ama ne olursa olsun bu değerinizden asla kaybettirmez. Siz çöpe de düşseniz, ayaklar altında da kalsanız hâlâ değeriniz yerindedir. Mutlaka kendi değerinizi yaşayacak, kendi değerinizi deneyimleyeceksiniz. Çünkü tıpkı sizin yaptığınız gibi yani bu paranın başına ne gelirse gelsin ondan vazgeçmemiş olmanız gibi, siz de vazgeçilmeyeceksiniz."*

***

> *"Kendime dedim ki, beni yaratan Allah ile doğrudan doğruya konuşmadıkça ve sorduğum sorulara cevap almadıkça benim yemek veya uyku ile ne işim var? Bu âleme körü körüne yemek yiyip içmek için mi geldim? O'na neden geldiğimi ve nereye gideceğimi sormalıyım, ancak ondan sonra yemek yiyip uyuyabilirim. Ayrıca kurtuluşum ve sonum hakkında da bilgi almalıyım ki burada rahat ve dertsiz bir hayat sürebileyim. Çocukluğumdan beri amacım bu idi ve hep buna yöneldim. Hani bir çocuğun eli yandığı zaman annesi hemen harekete geçer, türlü çareler arar ya, işte Allah da sevgisiyle bana öyle yardım etti."*
>
> – Şems-i Tebrizi

-III-
PERDELERİN ARDINDAKİ

Hem Hepsi Hem Hiçbiri

> *"Sen eğer batına, sırlara bağlı isen, ben batıninin batınisiyim, iyi dinle!*
> *Sırların sırrıyım.*
> *Âlimler benim sırrıma eremezler.*
> *Aşk bile benim yolumda bir perde ve engeldir."*
>
> – Şems

Ülkenin birinde mutlu bir krallık hüküm sürüyormuş. Kral ve kraliçe birbirlerini çok seviyorlarmış, oğullarına da pek düşkünlermiş. En iyi eğitimleri almış ülkenin biricik prensi... Hayat öylesine sorunsuz, öylesine akıp giderken bir gün rüzgâr tersine dönüvermiş. Mutlu günlerin yerini üzüntü ve endişe almış.

Prens giderek akli dengesini yitirmeye başlamış. Önce bir tür buhran geçirmiş sonra da kim olduğunun bilincini kaybetmiş. Artık bir insan olduğuna inanmıyormuş. Horoz olduğunu düşünüyormuş.

Kral ve kraliçe önceleri bunun bir şaka olabileceğini düşünerek gülüp geçmişler. Ancak ardı arkası kesilmeyen bu inatçı şakanın tadı kaçmış artık, sevimsiz bir hal almış. Üstelik artık çok endişeli ve üzgünlermiş.

Genç adam artık anne ve babasıyla aynı sofraya oturmuyormuş bile. Onlarla karşılaşmaktan, konuşmaktan bile kaçar olmuş. Bir akşam kraliyet sofrası kurulunca prens masaya davet edilmiş ve yardımcıların ısrarıyla bir şekilde sofraya oturtulmuş ama prens ne yapsa beğenirsiniz?

Üzerindeki kıyafetleri çıkarıp masanın altına girmiş ve yere düşen kırıntıları gagalamaya başlamış.

Anne ve baba bu işin sandıklarından çok daha elim bir iş olduğuna kanaat getirmişler sonunda. Başlarına gelen hadisenin ciddiyetini dehşetle kavramışlar. Prensin halini herkesten gizleme kararı alınmış tabii hemen. Sonra da prensi eski akıl sağlığına kavuşturmak için çareler aramanın peşine düşülmüş. Memleketin dört bir yanından hekimler getirtilmiş ama hiçbiri çare bulamamışlar prensin kaçıp giden aklına. Bütün o yoğun tedaviler ve büyük çabalar hep boşa gitmiş. Prens bir horoz gibi yaşamaya devam etmiş.

Oğlunun eski akıl sağlığına kavuşabileceğiyle ilgili giderek tüm umutlarını kaybetmeye başlamış kral... Artık iyice umutsuzluğa kapıldığı bir dönem saraya yaşlı bir hekim gelmiş. Prensin yaşadığı mağduriyeti meslektaşlarından işittiğini, kabul ederlerse kendisinin genç adamı tedavi edebileceğini söylemiş.

Kralın huzuruna çıkarılan yaşlı hekimin bir şartı varmış ama...

"Kimse işime karışmayacak, her ne yaparsam yapayım kimse katiyen müdahale etmeyecek."

Ümitsizlikten kolu kanadı kırılan kral ve kraliçe bu talebi çok da sorgulamadan kabul etmişler tabii... Ne olursa olsun kimse yaşlı adama karışmayacak.

Ertesi gün prens yine masanın altında kırıntı gagalarken yaşlı hekim de gelmiş, üzerindeki kıyafetleri çıkarıp prensin yanına oturmuş.

Prens adama dönüp "Burada ne yapıyorsun?" diye sormuş.

"Sen niye buradasın?" diye soruya soruyla karşılık vermiş yaşlı adam. Sanki ikisi de doğal bir ortamdalarmış gibi hiçbir şeyi yadırgamadan konuşmaya devam etmişler.

"Ben bir horozum, görmüyor musun?" demiş prens ciddiyetle.

"İyi işte, ben de horozum zaten" diye cevap vermiş yaşlı hekim. Ardından horoz gibi ötüp guruldamaya, sonra da boynunu yere eğip kırıntıları gagalamaya başlamış. Prens yaşlı adamı çabuk benimsemiş. Böylece ikisi de günlerce masanın altında horozlar gibi yaşamışlar.

Bir zaman sonra yaşlı hekim uşaklardan iki tane gömlek getirmelerini istemiş.

"Ben horozların gömlek giymemeleri için hiçbir neden görmüyorum" demiş prense. "Sen ne dersin?"

Prens biraz duraksamış önce, düşünmüş biraz ve yaşlı adama hak vermiş.

"Tamam" demiş. "Makul..."

Böylece ikisi de gömlekleri giymişler. Ertesi gün yaşlı adam iki tane de pantolon istemiş. Pantolonlar da hemen gelmiş tabii.

Yaşlı adam prense dönerek "Horozların pantolon giymesi yasak mıdır acaba?" diye sormuş. "Bence kesinlikle değildir, sence?"

Prens yine düşünmeye başlamış ve sonunda "Tamam" demiş. "Olabilir."

Böylece ikisi de pantolonları giymişler. Ertesi gün yaşlı hekim, horozların da insanların yediği yemeklerden yiyebileceğini söylemiş prense. Hatta masada bile oturabileceklerini iddia etmiş. Elbette yemekleri önceden tatmak şartıyla...

Kendini horoz zannetmeye devam eden prens bu öneriyi de mantıklı bulmuş ve kabul etmiş. Masanın altından birlikte çıkıp sandalyelere yerleşmişler. Önlerine konan yiyecekleri tek tek tadarak yemeye başlamışlar. Derken insanca bir sohbete dalıp gitmişler.

Duyduğumda çok sevmiştim bu hikâyeyi.

Çünkü tam da Şems'in anlattığı türden bir hiçlik olgusuna işaret eder. Kimlikleri kaldırıp atmayı değil bunların dışarıya ya da duruma göre kurgulanan roller olduğunun bilincine varmayı seçmek önemli...

İnsan üzerine giyindiği kimliklerin temsilcisine dönüşmektedir hayatın içinde ister istemez. Kimliklerini ve unvanlarını giyindiğinde başka biridir, çıkarıp soyunduğunda başka biri... İşyerinde başka, arkadaşlarla yemekte başka, evde başka, yalnızken başka, tatilde başka, trafikte başka, sosyal medyada başka, bilgisayar başında başkadır insan... Her birinde başka bir kimlik, başka bir kişilik, başka bir persona gösterir. Bulunduğu yere ve duruma göre taşıdığı unvanların karşılığı olarak bir karakter benimser farkında olmadan ve bunu bir tiyatro sahnesinde sergiler gibi de oynar. Bazen iyi oynar bazen kötü... Ama sonunda hep bir performans vardır. Hep bir gösteri... Hep dışarıya yönelik bir algı yönetimi...

Persona Türkçede *maske* anlamına gelir. Carl Gustav Jung tarafından ilk kez ortaya atılan persona kavramı, insanın günlük yaşamındaki ihtiyaçlarını karşılayabilmek için üzerine giyindiği birbirinden farklı kimlikleri, imajları tanımlar.

Bir adamı iş arkadaşları son derece zarif, nazik, kibar, çözüm odaklı, çalışkan, sabırlı ve başarılı diye tarif edebilir. Ancak aynı adamı karısı öfkeli, tahammülsüz, hep yorgun, ağzı bozuk ve zorba olarak da tanımlayabilir. Bu durumda *"Adamın gerçek karakteri hangisidir?"* diye sorgular Jung.

Bu kişilik bölünmeleri hayatımızın her alanında farkında bile olmadan içine dahil olduğumuz ve bir şekilde sürdürmeye devam ettiğimiz birbirine hiç benzemeyen ama hepsi aynı zamanda bize ait olan personalarımız, kimliklerimiz, maskelerimiz...

Âşık olduğumuz insan açısından sevgi doluyuz, belki ona karşı daha toleranslıyız, daha anlayışlıyız, daha alttan alıyoruz onu, her isteğini yerine getirmek için büyük bir istek duyuyoruz, üstelik tükenmeyen bir enerjiye de sahibiz onu mutlu etmek yolunda. Ama aynı biz, evde kardeşimize karşı o kadar da tahammüllü değiliz mesela. Hırçınız, anlayışsızız, kavgacıyız, onun için elimizi kıpırdatmaya halimiz yok. Aynı biz, iş arkadaşlarımızın sosyal kelebeğiyiz. Nerede bir aktivite orada biz... Neşemiz, coşkumuz, yaratıcı zekâmız hep işbaşında. Başkalarını mutlu etmeye son derece odaklıyız üstelik başarılıyız da. Ancak evde yalnız kaldığımızda ne coşku, ne neşe... Aslında kalabalıklardan, gereksiz ve saçma iş arkadaşlıklarından ne kadar nefret ettiğimizle yüzleşiyoruz ama itiraf etmiyoruz kendimize. Hepsini yetersiz, normal şartlarda yüzüne bakılmayacak, selam vermeye değmez insanlar olarak gördüğümüz halde bir şekilde onun favorisi olmayı başarmışız. Neden? Çünkü işyerinde ona yakın bir eleman olmanın konforu büyük...

Hangisi biziz bütün bunların?

Âşık olan mı?

Öfkeli olan mı?

Neşeli olan mı?

Nefret dolu olan mı?

Enerjik olan mı?

Bıkkın olan mı?

Hepsi mi?

Hiçbiri mi?

İşte burası büyük bir bölünme, büyük karmaşa ve büyük mutsuzluk... Hem hepsiyiz hem hiçbiri...

Örnek gösterdiğim hikâyedeki gibi üzerimize giyindiğimiz kimlikler bize bir unvan kazandırıyor. İnsan, kadın, erkek, anne, baba, evlat, sevgili, öğrenci, öğretmen, fenomen, yatırımcı, matematikçi, bilim insanı, hukukçu, arkadaş, dost, neşeli, uykucu, pastacı, bilgili...

Tam bir şirinler köyü...

Tek bünyede yaşayan bir şirinler köyü...

Üzerimize alıp giydiğimiz bütün bu kimliklerle bir persona sunuyoruz dışarıya. Duruma göre, faydamıza göre, elde etmek istediğimiz sonuca göre bu personanın nasıl görünmesi gerektiğine karar verip sergilemeye başlıyoruz.

Diyelim ki bir iş anlaşması yapmaya çalışıyorsun. Müşteriyi ikna etmek için son derece mağrur, kendinden emin, güçlü, bakımlı, iyi giyinen, güven veren, biraz neşeli ama son derece ciddi bir personaya sahip olmak gerektiğine karar verdin.

Buna nasıl karar veriyorsun?

Karşı tarafı inceleyerek. Onların ancak böyle bir persona karşısında ikna olacağını düşünüyorsun ve tam da öyle biri olarak çıkıyorsun karşılarına.

İşi aldığında tebrikler havada uçuşuyor tabii. "*Harika iş çıkardın, adamları ikna etmeyi başardın*" diyorlar sana. Yani aslında kim olduğunla değil kimi oynadığınla başarmış oluyorsun hedeflediğin sonucu.

Aynı şeyleri ilişkilerimizi inşa ederken de yapıyoruz tabii ki.

Birinden hoşlandın mesela. Senin için en ideal sevgili... İnceliyorsun onu önce, bakıyorsun değil mi? Yaklaşımı nasıl, giyimi, konuşmaları, şakaları, ne içtiği, ne yediği, yanında kimler olduğu, onlarla kurduğu ilişki biçimi, sohbetinin içeriği, aracının olup olmaması, eve neyle döneceği, telefonunun markası, kol saati, ayakkabıları... Her şeyi ama her şeyi birer veri...

Onunla ilgili sende iyi kötü bir intiba oluştuğunda ona nasıl bir personayla yaklaşman gerektiğine karar veriyorsun aslında farkında bile olmadan.

Onu daha espritüel bulduysan belki biraz daha şakacı ve güler yüzlü olmaya karar veriyorsun, belki daha rahat olmayı seçiyorsun, belki sen de onun içtiğine yakın bir tercih yapıyorsun, belki sen de cep telefonunun ya da saatinin markasını ucundan da olsa gösteriyorsun ki karşındaki insanın eşitler arası bir tanışma yaşadığını düşünmesini sağlıyorsun böylece...

Peki bütün bunların arasında hangisi gerçek sensin?

Hepsi sana ait evet. Hepsini en iyi şekilde sadece sen kendi sahnende sergileyebiliyorsun. Müthiş bir performansın var, bütün ilişkileri dilediğin sonuca yönelik biçimde yönetebiliyorsun.

Ama hangisi gerçek sensin?

Kıyafetlerini, yani maskelerini, unvanlarını, kimliklerini soyunduğunda kim oluyorsun, geriye kim kalıyor?

Masanın altında bir horoz?

Pencerenin önünde bir sarı kedi?

Ağacın dalında mavi bir kuş?

Tasavvufta unvanlardan arınma, hırkayı çıkarma ve hiç olma hali de, tam olarak insanı maniple eden kimliklerine karşı aslında/gerçekte kim olduğunu bilmesi ve koruması bilincine tekabül eder.

"Herkes bir şey olmaya çalışırken sen hiç ol" diyen Şems, *"Bağı bahçeyi sat, çoluğu çocuğu terk et, ne ana ol bundan böyle ne baba ol, ne evlat ol ne eş ol, ne elin iş tutsun ne bir şey için emek ver, kendini bir kulübeye kapatıp meczup ol, hiç ol, yok ol, herkesin gözünde de bir hiçe dönüş"* demiyor tabii ki...

Şems'i doğru anlamak bu yüzden çok önemli işte. Kitabın başında da dediğim gibi onun bilgisi aydınlatabilir de yakabilir de.

Var edebilir de yok edebilir de... Bu yüzden Mevlana gibi zekâsı yüksek, sezgileri güçlü bir öğrenci olmak gerekir.

Hayatını sufi felsefesine adamış biri olarak kitap boyunca bu anlamda elimden geldiğince rehberin olmaya tabii ki devam edeceğim yol arkadaşım...

Hiç olmak/aydınlanmak/tekâmül etmek gayesiyle kendine yeni bir hayat kurma hayaline kapılan ve bu uğurda işini gücünü bırakıp kırsala göç eden, istifa eden, eşini boşayan, köye ya da dağ evine yerleşerek şehir yaşamından uzaklaşan sayısız insan oldu sen de bilirsin muhakkak. Aralarında ünlü isimler, ünlü işadamları, yazarlar, oyuncular, fenomenler bile vardı. Hayatımız Ferrari'sini satan bilgelerle dolup taştı. Onların yerinde olamadığı için hayata küsenler de az değildi tabii... *"Keşke biz de istifaları basıp küçük bir deniz kasabasında küçük, sakin bir hayat sürsek, mutu olsak, hiç olsak"* dediler.

Ancak sonra ne oldu?

Çoğu geri döndü şehir hayatına. Bir kırsalda insanlardan uzak, bahçede domates yetiştirerek aydınlanamayacaklarını fark ettiler. Tekâmül etmenin böyle bir şey olmadığını bizzat deneyimleyerek gördüler. Aydınlanmak için, hiç olmak için, hiç kimsenin olmadığı bir yerde ikamet etmenin konuyu tamamen yanlış anlamak olduğu sonucuna vardılar.

Hiç olmak kimliklerini terk edip dağa kaçmak değildir. Hiç olmak örnek verdiğim hikâyedeki gibi kıyafetleri çıkarıp gerçekte kim olduğunu deneyimlemek, sonra yine zorlanmadan kıyafetlerini giymek, sonra yine çıkarmak...

Yani aslında hangisinin bir kıyafet/bir maske/bir persona olduğunun, hangisinin gerçek bir çıplaklık/hiçlik olduğunun bilincine varmak demek.

Kimliklerinden dolayı utanma, kendini yargılama çünkü hepsi sensin. Bu kimlikleri en iyi sahneleyen de sensin çünkü hepsini sen oluşturdun, sen inşa ettin. Hepsi sayesinde hayatındaki insanlarla, ailenle, dostlarınla, arkadaşlarınla ilişkilerini yönetiyorsun. Annesin, babasın, evlatsın, arkadaşsın, çalışansın, iş insanısın, başarılısın, başarısızsın, güvenilirsin, güvenilmezsin, sevgilisin, eşsin, sadıksın, ihanet edensin, dürüstsün, yalancısın, öfkelisin, sevgi dolusun, yapıcısın, yıkıcısın, samimisin, yapmacıksın, hırslısın, kıskançsın, güvenilirsin, güvenilmezsin, huzurlusun, huzursuzsun, neşelisin, sıkıcısın, güler yüzlüsün, suratsızsın... Hepsi ama hepsisin...

İçlerinde hoşuna gitmeyenler mi var?

Seçim senin...

Nasıl istiyorsan öyle olursun, kim olmak istiyorsan o olursun. Burası senin sahnen...

Ama yorucu!

Herkesin her şeyi oldun da kendinin nesisin?

İşte bu noktada üzerindeki hırkayı çıkarmaktan söz eder Şems. Gerçek seni görmenin, hiç olmanın, bütün kimliklerden arınmanın önemine dikkat çeker çünkü eğer gerçekte kim olduğunu bilmezsen, hırkalar da üst üste binmeye başlar ve cehennem yerine döner hayatın.

Kimliklerinin üzerine kimlikler geçirmeye başlarsın. Böylece bir maskeni indirdiğinde altından başka bir maske çıkar, onu da attığında başka bir maske, onu da attığında başka... Halbuki gerçek seni tanısan, birinin annesi olmak, birinin sevgilisi, diğerinin iş arkadaşı, ötekinin evladı, diğerinin dostu olmak bu kadar yorucu ve yıkıcı bir deneyime dönüşmeyecek. Kimliklerini duyguların yönetmeyecek. Öfkeye yenilmek, kıskançlığa hapsolmak, nefrete sapmak, kırılmak, intikam dilemek, değersiz hissetmek, umutsuzluğa kapılmak her şey olmaya çalışmaktan kaynaklanır.

Çağımızın kitlesel rahatsızlığına dönüşen narsisizm tam olarak budur işte. Hepimiz aynı anda her şey olmak ve en iyisi olmak peşindeyiz. Kim olduğumuzu bilmediğimiz için neye ihtiyacımız olduğuna da doğru karar veremiyoruz. Daha çok paraya, daha iyi bir sevgiliye, daha varlıklı bir hayata, daha az çalışıp daha çok kazandığımız bir işe, daha kalabalık bir sosyal medya hesabına, daha yoğun bir sosyal çevreye, daha güzel görünmeye, daha genç olmaya, daha uzun boylu olmaya, daha fazla dikkat çekmeye, daha fazla konuşulmaya, daha fazla öne çıkmaya ihtiyacımız var sanıyoruz ama öyle değil işte...

Azla yetin demiyorum, değerli hissetmek için bütün bunların hepsine ihtiyacın olmadığını fark etmeni istiyorum o kadar. En iyisi olmak zorunda değilsin ama iyi olmanın deneyimini kendine borçlusun.

Çok mutluluk yoktur ama mutluluk diye bir şey vardır.

Yazının başında paylaştığım sözünde Şems, aşkın bile bir perde ve engel olduğundan söz ediyordu. Hakikate ulaşmak yolundan söz eden Şems'in engel diye gösterdiği aşk da üzerimize giyindiğimiz kimliklerden biri.

Âşık halimiz, birine tutkun, vurgun halimiz, birine bağlı, birine sadık halimiz her ne kadar romantik kimliklerimizden biriyse de, aslında kim olduğumuz yolunda Şems'in de işaret ettiği gibi bir engel... Âşık halini üzerinden soyunduğunda geriye kim kalıyor?

Tamam... Âşıkken kendini daha çok seviyor olabilirsin, kendini daha değerli hissediyor olabilirsin, birine sadık ve ona tamamen bağlıyken dünyanın en güzel, en eşsiz insanı olduğunu deneyimliyor olabilirsin. Ama âşık kimliğini bir yana koyduğunda geriye değersizlik kalıyorsa işte orada bir araz vardır. Ayrılıklardan sonra yaşanan büyük acıların ve ortaya çıkan büyük öfkelerin temelinde de bu yatar. Dünyanın en değerli insanıyken bir anda artık dünyanın en değerli insanı gibi hissetmezsin kendini ve dayanılmaz bir acı duymaya başlarsın, dayanılmaz bir öfkeyle beraber.

Şems aslında aşka bile tutunmamak gerektiğini salık verir. Aşka tutunmadığında bile varsın... Seni güzelleştiren, seni değerli kılan şey aşk olamaz, sen yaşadığın aşka anlam ve değer katansındır çünkü... Dolayısıyla aşka tutunuyor olmak kadar yıkıcı ve yanıltıcı bir hata yapmaya hakkın yok.

> *"Öyle insanlar gördüm ki,*
> *Kusurları yoktu.*
> *Ama insanların kusurları hakkında konuşuyorlardı*
> *Allah onlara kusurlar yarattı!*
> *Öyle insanlar gördüm ki,*
> *Kusurları vardı!*
> *Ama diğer insanların kusurları hakkında sustular*
> *Allah onların kusurlarını gizledi."*
>
> – Hasan El Basri

***

Var mısın ki yok olmaktan korkuyorsun?

Eskiden Hindistan'da Janaka isimli bilge bir kral varmış. Bir gün öğle yemeğini yedikten sonra, yatağına uzanmış dinlenmek için, sonrasında da uykuya dalmış. Hava çok sıcak olduğu için hizmetliler, başında yelpazeleri sallayıp serinletiyorlarmış kralı. Muhafızlar her zamanki ki gibi yine kapıda, nöbette.

Rüyasında ülkesine bir saldırı olduğunu görmüş Janaka. Başka bir kral ülkesini istila etmiştir hatta savaş meydanında onu yenmiştir. Janaka'yı öldürmeyen kral, ona özgür olduğunu, sadece en kısa zamanda sarayını boşaltıp dilediği yere gidebileceğini söylemiş. Savaş yorgunluğuyla ülkesini terk eden Janaka, bir başına uzun yollar tepmiş hatta aç kalmış. Etrafta yiyecek aranırken bir tarla görmüş, gidip oradan bir iki tane mısır koçanı koparmış. Tam bu sırada tarlanın sahibi çıkıvermiş ortaya. Tarlasına dadanan yabancıyı görünce öfkelenmiş, kırbacını çıkarıp vurmaya başlamış eski krala. Kamçının darbeleriyle bedeni sarsılmaya başlayan Janaka böylece uyanıvermiş uykusundan. Hemen etrafına bakınmış korkuyla. Neyse ki hâlâ yatağında... Hizmetliler yelpazeleri sallayıp duruyorlar hâlâ. Muhafızları kapıda nöbette...

"*Oh*" demiş Janaka. "*Rüyaymış.*"

Başını yastığa koyup derin bir nefes alan Janaka, çok geçmeden yine dalıp gitmiş uykuya... Tarla sahibi tarafından kırbaçlanmaya devam ettiğini görmüş yine. Darbelerle sarsılınca açılmış gözleri tekrar, bakmış ki yatağında güvende hâlâ... Ama aklı karışmış o an.

Bunlardan hangisi gerçek?

Rüyasında gördükleri mi, yatağındayken gördükleri mi?

"*Buna bir cevap bulmam lazım*" demiş Janaka. Hemen guru Vasishta'yı çağırtmış yanına ve sormuş: "*Ben rüyasında dilenci olduğunu gören bir kral mıyım, yoksa rüyasında kral olduğunu gören bir dilenci miyim?*"

Bu soruya bir yanıt verememiş guru... Bunun üzerine Janaka ülkenin dört bir yanına haber salmış.

Bütün din adamlarını, bilimadamlarını, azizleri, ermişleri, kâhinleri, hepsini saraya çağırmış ve bu soruya bir yanıt vermelerini istemiş.

"Hangisi gerçek söyleyin..." demiş. *"Uyanıklık hali mi, rüya hali mi?"*

Kimse bu soruya nasıl cevap verebileceğini bilememiş. Janaka çok öfkelenmiş tabii... Hepsinin zindana atılmasını emretmiş. "Hepinizi boşuna beslemişim yıllardır" diye yakınmış.

Sorusunun cevabını bulamadığını halka ilan eden Janaka, bu soruya cevap verecek kişinin derhal saraya gelmesini istemiş.

Aradan çok zaman geçmiş ama ne gelen var ne giden. Kimse talip olmamış bu soruyu cevaplamaya...

Kâhinlerden birinin Ashtavakra isimli bir oğlu varmış. Sekiz yerinden deforme olmuş demekmiş Ashtavakra. Çarpık bir bedenle dünyaya geldiği için bu ismi vermiş babası ona. Haftalardır eve gelmeyen babasını merak etmeye başlamış küçük oğlan ve annesine *"Babam neden artık eve gelmiyor?"* diye sormuş.

"Çünkü kral onu zindana attı" demiş annesi.

"Babamı neden zindana attılar?" diye sormuş oğlan. *"Kötü bir şey yapmaz ki o."*

Annesi durumu açıklamış oğluna. Bir soruya doğru cevap veremediği için cezalandırıldığını anlatmış. Ashtavakra çok gülmüş bunun üzerine.

"İyi ama..." demiş. *"Bu sorunun cevabı çok kolay, ben cevaplayabilirim. Babamı kurtarabilirim."*

Kralın sarayında soluğu almış çarpık bedenli küçük oğlan... Sarayın davulunu çalıp içeriye alınmayı beklemiş önce. Muhafızların gözetiminde içeri sokulmuş hemen. Yamuk bedenli küçük çocuk herkeste bir şaşkınlık yaratmış tabii. Koca koca âlimlerin cevaplayamadığı soruyu bu çocuk mu yanıtlamaya kalkıyor yani, çok acayip... Görenler gülüşmeye başlamışlar, çocukla eğlenmişler.

İnsanların güldüğünü gören Ashtavakra, dayanamayıp kendi de gülmeye başlamış. Kral olan biteni izliyormuş şaşkınlıkla.

"Herkes sana gülüyor küçük çocuk" demiş Janaka. *"Hem çok biçimsizsin hem de çok küçüksün... Bu soruya nasıl yanıt vereceksin? Haline gülmemek elde değil. Sahiden de çok komiksin. Onlar bu duruma gülüyor da sen kime gülüyorsun merak ettim açıkçası."*

Çocuk gülmeye devam ediyormuş hâlâ. *"Tutamıyorum kendimi ne yapayım?"* demiş. *"Bana sizin ve sarayınızdaki insanların aydınlanmış, eğitimli, bilge insanlar olduğunu anlattılar hep ama şimdi görüyorum ki çok aptalmışsınız, hepiniz. Vücudumun şekilsizliğine bakıp gülüyorsunuz ama vücut sadece et ve kemikten ibaret. Bütün bedenler beş elementten yapılmıştır, şekilleri farklı olsa da. Hepsi bu kadar. Ama özüme bakıyor olabilseydiniz kimsenin diğerinden farklı olmadığını görürdünüz. Özünde herkes aynıdır, ortada gülecek bir şey olmadığını anlardınız. Sorunuza gelince cevabı çok basit sayın kral... Uyanıkken deneyimlediğiniz de gerçek değildir, rüyada deneyimlediğiniz de... Uyanık olduğunuz zaman, rüya âlemi gerçek değildir ama rüya gördüğünüzde de uyanıklık âlemi gerçek değildir. Yani hiçbiri gerçek olamaz."*

Kral dikkatle dinlemiş oğlanı. Aklı karışmış iyice. *"Eğer her ikisi de gerçek değilse, gerçek olan ne?"* diye sormuş.

"Uyanıklığın ve rüyanın ötesinde bir deneyim daha vardır" demiş Ashtavakra. *"İşte gerçek odur ve asıl onu keşfetmek gerekir."*

> *"İnsanlar uykudadırlar, ölünce uyanırlar.*
> *Ölmeden önce ölünüz."*
>
> – Hz. Muhammed

-IV-
KUSUR ARAYAN GÖZLER

Kusursuzluk, Bir Kusurdur

"Ey kusur arayan gözlerin sahibi,
Aradığın her kusuru buluyorsun.
Evet.
Çokça kusur görüyorsun insanlarda
Ama şunu bil ki
Gördüğün her kusur senden bir parça taşıyor.
Eleştiren zihninin sana yaptığı kötülüğü bir idrak etsen
Aklından vazgeçersin
Çevir gözlerini
Öze dön
İçine bak."

– Mevlana

"Kusursuz olan ne vardır şu âlemde?" diye sorsam ne cevap verirsin?

Ağaçlar, kuşlar, çiçekler, tepeler, dağlar, denizler...

Ne kadar güzel, ne kadar kusursuz ve ne kadar çekici değil mi?

Doğanın sonsuz çeşitliliğini hayal ederken bile iyi hissediyor insan kendini...

Oysa biraz daha düşün bakalım şimdi.

Doğa sahiden de kusursuz mu?

Ağaçlar, kuşlar, çiçekler, tepeler, dağlar, denizler kusursuz mu sahiden?

Hiçbir ağaç diğerine benzemiyor. Kimi uzun kimi kısa, kimi eğri kimi dik, kimi hoş kokulu kimi kesif...

Kuşlar irili ufaklı... Kimi renkli kimi kara, kimi hoş sesler çıkarıyor kimi çığlık atıyor sadece, kimi kısa kimi uzun, kimi iri kimi cılız, kimi kör kimi topal...

Çiçekler keza öyle... Kimi hoş kokulu kimi kokusuz, kimi dikenli kimi dikensiz, kimi bodur kimi uzun, kimi renkli kimi gösterişsiz, kimi çok yapraklı kimi az...

Dağlar tepelerse başlı başına eğri büğrü... Şekilsiz, orantısız...

Çok garip değil mi?

Hiçbiri genel geçer bir güzellik oranına sahip değil. Hepsi tutarsız, eğri büğrü ama çok güzel... Bir arı ötekine benzemez, kimi tombul kimi zayıf. Kiminin rengi canlı kimi soluk. Ama yine de hepsi çok güzel.

İnsanın aklı karışıyor tabii düşünmeye başlayınca.

Az önce hepsinin kusursuz olduğunu hayal ederek örneklemiştik ama durup düşününce hiçbirinin kusursuz olmadığıyla yüzleşiyoruz. Dünyada kusursuz tek bir şey bile yok aslında. Her şey ama her şey kusurlu ve hayranı olduğumuz bütün bu güzellikler tam da bu kusurların birer mucizesi... Kusurların eşsiz güzelliği, sonsuz çeşitliliği, ilham veren çokluğu...

Hiçbir şey ve hiç kimse birbirinin aynı olmadığı için güzel bu dünya. İnsanlar da öyle... Kimi uzun kimi kısa, kimi sarışın kimi esmer, kimi şişman kimi zayıf, kimi neşeli kimi ters... Herkes başka, herkes nevi şahsına münhasır ve bu yüzden çok güzel, çok otantik...

Özgün olan, kendi gibi olan her şey çok güzeldir.

Güzellik algısı nerede bozulmaya başladı o halde?

Kusursuzluk dayatmasıyla...

Kusursuzluğun nasıl sağlanabileceği ve nasıl sağlanması gerektiği sosyal medya sayesinde öğretiliyor hepimize.

Kusursuz güzellikte kızlar, kusursuz erkekler, evler, arabalar, kıyafetler, mekânlar... Kusursuz insanlar yaşıyormuş yeryüzünde. Hem güzeller, hem akıllılar, hem sağlıklılar, hem varlıklılar, hem çok seviliyorlar, hem çok iyi huylular...

Beden ölçüleri, boy ölçüleri, dudak biçimi, kaş biçimi, saç biçimi, ten rengi, göz rengi her şey ama her şey için bir ölçü birimi var artık. Aksi halde kusursuz olunamıyor. Evlerin boyutları, dekoru, düzeni, arabaların markası, rengi, fiyatı, mekânların zenginliği, gösterişi, havası... Bunlar da kusursuzluk algısına dahil elbette. Erkeklerin kol saati, işi, ofisi, boyunun ölçüsü, karın kaslarının sayısı, giyim stili... Bunlar da önemli... Çünkü kusursuz erkekle kusurlu erkeği bu kriterler üzerinden tarif ediyoruz.

Oysa bütün bu kusursuz görünen şeyler sadece fotoğrafta dikkat çekici. Güzellik böyle bir şey değil. Kusursuzlukta tek tip bir algı var. Fabrikasyon bir sonuç var. Herkes aynı, hepsi aynı, her şey aynı... Sadece renkler ve markalar değişiyor o kadar. Erkekler aynı, kadınlar aynı... Hepsi birbirine benziyor. Kıyafetler aynı, stiller aynı, görüntüler aynı. Bilgisayar oyununun içinde yaşıyormuşuz gibi gelmiyor mu sana da? Mükemmel çizimler, mükemmel tasarımlar, evet kusursuz çizilmişler ama hepsi aynı.

Bu güzel değil ki?

Hem de hiç güzel değil...

Güzel olan farklı olan değil miydi?

Güzel olan özgün olan değil miydi?

O halde neden kusursuz olmak zorunda bırakıldık, niye buna ikna olduk ve herkes gibi olmanın derdine düştük? Kısa boyumuzdan, çilli yüzümüzden, seyrek saçımızdan, kilomuzdan neden utanır olduk? Bunları herkesinkine benzetmek için çaba gösterir olduk. Aynı markaları giymeye, aynı stillerde görünmeye, aynı çantaları, saatleri, arabaları kullanmaya dikkat eder olduk.

Neden?

Çünkü bunlar kusursuz...

Tamam ama güzel değil. Sokağa çıktığında aradığın insanı bulamıyorsun, hepsi aynı. Buluşmak için cep telefonuna ihtiyacın var, yoksa çıkamazsın işin içinden. Herkes aynı...

İşte bu noktada insan aklının ve sezgisinin uyanması gerekiyor.

Kusursuzluk, insan eliyle icat edilmiş bir algı yanılsamasıdır. Bir manipülasyondur. Yani yalandır, aldatmacadır, kandırmacadır. Üstelik çok başarılı, çok güçlü ve çok tesirli bir aldatmacadır. Dolayısıyla kurbanı da olmamak gerekir.

Peki buna ne sebep olur?

Fransız Filozof René Girard'a göre *"başkası"* neden olur.

Başkasının varlığı...

"Doğamız gereği başkasında olanı isteriz" der René Girard ve bunun adına da *mimetik arzu* der. Çatışmanın, şiddetin ve mutsuzluğun da buradan kaynaklandığına dikkat çeker.

Başkasında olanı isteriz çünkü bizde olmadığı için idealleştiririz. Bizde olmayan bütün güzellikler kusursuzdur. Oysa elimize geçtiğinde aslında o kadar da kusursuz değildir.

Başkalarının kusurlarını görür, eleştirir, yereriz. Çünkü kendi içimizdeki eksikliklerle ve yetersizliklerle yüzleşmekten kaçarız. Bu yüzden öfke doluyuzdur kusurlara karşı. Yerden yere vurur, aşağılarcasına eleştirir, küçümseriz başkalarındaki kusurları.

Ay ne iğrenç bir kızdır. Ne aptal bir çocuktur. Ne kadar ucuz giyiniyordur, modadan anlamıyordur. Ne kadar çirkindir fiziği... Gözü şehladır, boyu kısadır, saç rengi ne kadar mide bulandırıcıdır, üstelik "R"leri de söyleyemiyordur. Senin okuduğun kitabı okumamıştır geri zekâlıdır, senin izlediğin dizileri izlememiştir cahildir, senin dinlediğin müziği anlamıyordur beyinsizdir, zaten tipi de insan içine çıkarılacak gibi değildir, tarzı yoktur...

Daha sayayım mı?

Kusurlar günahlar gibidir artık çağımız insanı için... Tahammül edemediğimiz şeylerdir. İnsanı değersizleştiren eksiklikler gibi algılarız kusurları çoğunlukla.

Birimiz daha az eleştiriyordur belki diğerimiz daha zalimce yeriyordur kusurları bilemem. Hangisi daha makul diye konuşmayacağız tabii ki. Çünkü hepsi aynı...

Sonuçta kusur, bir eksiklik ve noksanlık olarak algılanıyor zihnimizde ve eksik olan, noksan olan bizi kendi eksikliklerimizle, noksanlıklarımızla yüzleştirdiği için göz göze gelmemeyi tercih ettiğimiz noktalara götürüyor. Katiyen layık değilizdir kusurlu olan bir şeye... Kusur neredeyse bir hakarettir artık. Biz her şeyin en güzeline, en değerlisine, en estetik, en şık, en temiz olanına layığızdır.

Peki bütün bu en şahaneler nerededir?

Genelde başkasındadır ve René Girard'ın dediği gibi doğamız gereği başkasında olanı isteriz bu yüzden. Başkasındaki mükemmel sevgiliyi, başkasındaki harika kıyafeti, başkasının üzerindeki o şahane kazağı, başkasının kullandığı o nefis arabayı, başkasının yaşadığı o kusursuz hayatı, başkasının cebindeki o bitmez parayı, başkasının tadını çıkardığı o şöhreti...

Şems, kusur meselesi üzerinde oldukça hassas bir düşünürdü. Bu konuda değerli bir algıya sahipti.

Kusurları yermemek, eleştirmemek, ortaya çıkarmamak, aşağılamamak gerektiğiyle ilgili verdiği öğütler, bunların üzerini bir kibir örtüsüyle örtüp karanlığa gömmek, yok saymak değildir. *"Yazık bu kusurlu insanlara, ben kusursuz bir varlık olarak onların kusurlarını görmezden gelmeliyim, bu beni daha da kusursuz yapar"* anlayışı zaten başlı başına bir yaradır. Kibir ve haset içerir. Kusurları örtmek anlayışını doğru kavramak çok önemli... Daha önce de defalarca altını çizdiğim gibi Şems'in güneşi karşısında zeki olmak ve güçlü sezgilere sahip olmak gerekir. Her an yanıp küle dönme ihtimali de yüksektir, ısınıp aydınlanma ihtimali de...

İnsanın başkasındaki kusura karşı takındığı tavır, kendi içindeki eksikliğe ve yetersizliğe karşı takındığı tavırdır. Kusur karşı tarafla ilgili değildir, tamamen seninle ilgili bir meseledir. Çünkü adına kusur dediğin şey aslında kusur bile değildir. Senin ona atfettiğin anlamdır. Dolayısıyla kendi içindeki eksik parçalara, yetersizliğini yaşadığın, deneyimlediğin parçalarına attığın bir bakıştır.

"Sadece ben değil herkes aynı fikirde" demek kusura ve kusursuzluğa odaklanmadığın anlamına gelmez tabii ki. Çünkü herkesin fikrini yönetebilme kabiliyetine ve imkânına sahip kocaman bir kitle iletişim mecrası var. Kitlelerin ve toplumların beğenisini belirleyen, tüketici kitlelerin beğenisinin ne olması ve nasıl olması gerektiğine karar veren kocaman bir ekonomiden söz ediyoruz. Güzel kadınların bir standardı var artık, güzel erkeklerin bir standardı var. İdeal sevgililerin bir standardı var, ideal arkadaşların, ideal sosyal ortamların bir standardı var. Milyonlarca insanın beğenip onayladığı ve kusursuz bulduğu standartlar bunlar. Milyonların kabul ettiği kriterlerin dışında kalanlarınsa hepsi kusurlu ya da eksik... Kesinlikle ideal değil.

Demem o ki, algın başkalarının elinde.

Onların sana dayattığı standartlara göre kusursuz bulduklarının var, kusurlu buldukların var. Kendinde kusurlu olduğuna inandığın şeyler var.

Ama işin önemli yanı bunların hiçbiri kusur değil, ayrıca sendeki kusur ve kusursuzluk algısını da yeni kitle iletişim araçları belirledi, sen değil.

Sosyal medyada görüp beğendiğin şeylere çekilmiyor musun mesela?

Instagram'da başkasının üzerinde gördüğün elbiseyi beğenip aradığın olmadı mı hiç, başkasında gördüğün saç rengini ya da modelini tarif etmedin mi kendi kuaförüne, başkasının kullandığı parfümü sipariş etmedin mi, başkasının gittiği restoranı merak edip rezervasyon yaptırmadın mı, başkasının okuduğu kitaptan etkilenip satın almadın mı, başkasının yanındaki sevgiliyi görüp o ilişkinin deneyimini ya da hissini yaşamayı tahayyül etmedin mi, başkasının yaptığı işi görüp *"Ben de bu işe mi girsem acaba?"* diye aklından geçirmedin mi, başkasının harcadığı miktara tanık olup bu paranın nasıl kazanıldığının araştırmasını yapmadın mı, başkasının yüzünü beğenip gittiği estetik doktorunun kim olduğuna ve fiyatının ne kadar olduğuna bakmadın mı hiç?

Yani algını maniple eden çok ama çok şey var dışarıda. Dolayısıyla kusur ve kusursuzluk algının da maniple edildiğinin farkında olman çok önemli...

Bugün kusur diye tarif edip hayıflandığın, üzüldüğün, tiksindiğin, reddettiğin hiçbir şey aslında kusur değil.

Bir algı yanılsaması...

Milyonlarca insan 34-36-38 bedenlerinin üzerindeki kadınların kusurlu olduğunu düşünüyor maalesef. Milyonlarca insanın ideal kadını bu bedenlere sahip olan kadın... O halde üzerindekiler ve altındakiler kusurlu, öyle mi?

Dolayısıyla bu bedenlere ulaşmak için her yol mubah...

Milyonlarca kadının ideal erkeği uzun boylu, yakışıklı, varlıklı... Onaylanmış bir kusursuz erkek profilidir bu... Moda endüstrisinin manipülasyonuyla dünyanın dört bir yanından milyonlarca kadın altına imzasını atmış. Bu durumda orta boylu, orta gelirli o standartlara uymayan erkek kusurlu... Öyle mi? İdeal standartlara sahip olmak için yine her yol mubah...

Tabii bir de işin psikolojik ideaları var ki bana göre en büyük tehlike burada yatıyor.

Kıskanç olsun, orta kıskanç olsun ama... Bağırsın çağırsın ama şiddete başvurmasın. Kıyafetimi kıskansın ama karışmasın. Beni merak etsin ama peşime adam takmasın. Romantik olsun. Özel günleri hatırlasın. Bonkör olsun, hediye seçimi iyi olsun. Güler yüzlü olsun ama kahkahalar atmasın. Merhametli olsun. Sevgi dolu olsun. Yaşlılara yardım etsin, hayvanlara yardım etsin, sadık olsun, gözü dışarıda olmasın, beni çok beğensin. Konuşmasam da anlasın, ben söylemeden bilsin ne istediğimi...

Çok daha vahim standartlara da rastladım ama listeyi daha fazla uzatmak istemiyorum. Bütün bu standartları haiz olanlar kusursuz insanlar. İdeal insanlar. Sahip olmayanlarsa kusurlu...

Sonra neden bu kadar yalnız, mutsuz ve hep hayal kırıklığı içinde olduğumuzu düşünüp duruyoruz ama cevabı bir türlü bulamıyoruz değil mi?

Kova çatlaksa at.

Neden?

Çünkü su sızdırır.

Yani?

Kusurlu...

Yani?

İdeal kova değil. İşe yaramaz.

Emin misin?

Değilsin...

Çok sevdiğim bir hikâye vardır. Seminerlerimde de anlatırım... Omzuna astığı uzun sopanın iki ucunda her gün hiç yılmadan iki kova dolusu su taşıyan adamın hikâyesi...

Adam varlıklı bir beyin evinde, evin hizmetlilerinden biri olarak çalışıyormuş. Dolayısıyla her gün aşağı yukarı aynı saatlerde ve hep aynı yolu kullanarak su taşıyormuş çalıştığı eve. Ama kullandığı kovalardan biri çatlakmış... Eve ulaştığında yarısını boşalmış buluyormuş. Çatlak kova iyice mahcup hissediyormuş kendini. Kusurundan dolayı utanıyormuş. Üstelik sağlam kovanın da ezici kibri yok mu, iyice yerin dibine sokuyor kusurlu kovayı. Sağlam kova pek havalı... Burnu Kafdağı'nda. Suyu bir damla bile akıtmadan tutuyor içinde tabii. Kusurlu kovayı kovadan bile saymıyor. Neden atmıyorlar ki bu gereksiz kusurlu şeyi?... Yerine sağlam bir kova alsalar adamcağız da onca yorgunluğu karşısında en azından iki kova dolusu su taşımış olacak eve.

Sağlam kovayı haklı bulmuş kusurlu kova... Yerine yeni bir kova alınması gerektiğini düşünmüş o da. Adamla konuşmaya karar vermiş.

"Beni affet" demiş adama. *"Çok üzgünüm, sana karşı çok da mahcubum. Emeklerine yazık oldu. Benim yüzümden boşa yoruluyorsun."*

"Neden affedecekmişim ki seni?" demiş adam. *"Niye mahcup olasın, bana ne yaptın ki?"*

"Bedenimdeki çatlaklar yüzünden su sızdırıyorum" demiş kova. *"Aldığın suyu eve ulaştıramıyorsun ama yükünü çekiyorsun. Onca yol yürüyorsun, eve kadar onca yük taşıyorsun ama sonra bir geliyorsun bakıyorsun ki suyun yarısı yok. Benim yüzümden hak ettiğin parayı da kazanamıyorsun. Daha çok su getirsen daha fazla para verirlerdi sana."*

"Hayır" demiş adam. *"Öyle değil."*

İki kovaya da su doldurup omuzlarına yüklenmiş yine. *"Eve dönerken geçtiğimiz yolları izlemeni istiyorum senden"* demiş çatlak kovaya. *"Kaldırım diplerindeki rengârenk çiçeklere bak olur mu? Yol boyunca dantel gibi uzanan çiçeklerin üzerindeki kelebekleri, arıları izle."*

"Olur" demiş çatlak kova... Adamın dediğini yapıp yol kenarındaki çiçeklere bakmış, üzerlerinde uçuşan kelebekleri, arıları izlemiş. Bu kez çok keyif almış yolculuktan ama eve vardıklarında suyun yarısının olmadığını fark edince yine kusuru gelmiş aklına, canı sıkılmış, mahcup hissetmiş.

"Çok güzel çok keyifli bir yolculuktu ama suyun yine eksik" demiş. *"Değişen bir şey yok, sana yeni bir kova alınması gerektiğini söyle evin sahibine."*

"Sence ben kusurunun farkında değil miyim?" demiş adam. *"Çatlakların yüzünden aldığım suyun yarısı boşalıyor eve dönünceye kadar. Ama bak sen bile ne kadar mutlu oldun yol kenarındaki çiçekleri izlemekten. Seni taşıdığım taraftaki yol baştan aşağı renkli çiçeklerle bezeli... Diğer taraf kupkuru, taş, toprak... Oysa senin tarafın neredeyse bir bahçeye dönüştü. Senin sayende her gün gidip gelirken sulamış oluyorum hepsini... Akşamları ev sahibinin sofrasına kucak kucak çiçekler yerleştiriyorum bir vazonun içinde. Hepsi de mis gibi kokuyorlar. Benim sayemde evde yemek yemenin tadına vardığını söylüyor. Kendini çok mutlu hissediyormuş. Bunun için daha fazla para veriyor bana. Oysa senin sayende oluyor bunlar. Şu çiçeklerin güzelliğinde sağlığında çok emeğin var. Kazandığım parada çok emeğin var. Artık kendini suçlama, mahcup hissetmen için bir sebep yok, ben sana minnettarım. İyi ki çatlak bir kovasın..."*

Kusursuzluğun, mükemmelliğin tabulaştırıldığı çağımızın insanları açısından, çatlak kovayı hiç vakit kaybetmeden yenisiyle değiştirmek gerekir değil mi? Çünkü vakit nakittir. Kova dediğin çatlak olmamalıdır, suyu içinde tam tutmalıdır. Zaman ve enerji kaybına yol açmamalıdır. Çatlak bir kova bir şey kazandırmadığı gibi kaybettirir de...

Fakat dikkat ettin mi?

Bu *kusursuz* hikâye kusurlu bir kova sayesinde anlatılıp duruyor ve yaşamaya devam ediyor. Sağlam kovanın iyi bir hikâyesi yok. Bu yüzden yaşamıyor aslında. Kimse hatırlamıyor onu. Kimse sormuyor ne yaptığını. Senin de aklına bile gelmedi değil mi sağlam kovaya ne olduğu? Ama kusurlu kovanın bir hikâyesi var... Onun hikâyesini ölümsüzleştiren, güzelleştiren, evrenselleştiren nedir?

Kusurudur...

Unutma ki hikâyesi olanlar yaşar sadece. Kusursuz olanlar değil.

Her zaman söylerim, yine söyleyeceğim:

İyi bir hikâyen olsun yol arkadaşım...

İyi bir hikâye, kusursuz bir CV'den daha mutlu, daha bereketli, daha sağlıklı bir hayat vaat eder.

> *"Dünyada kusursuz iki insan vardır:*
> *Biri ölmüştür, diğeri de doğmamıştır."*
>
> – Çin Atasözü

Kusurlarımızı sevmemiz gerektiğini, kusurlarımızla barışmanın bizi daha iyi hissettireceğini söylemiyorum, kusurun göremediğimiz bir hikâye içerdiğini hatırlatıyorum sadece.

Sanat eğitimi profesörü Ken Robinson'un "Okullar yaratıcılığı öldürüyor" başlıklı TED konuşmasını izlediğimde bu konunun önemini bir kez daha hatırladım.

Özellikle de anlattığı küçük bir kızın hikâyesinden.

1930'lu yıllarda bir aile, okulda sorun çıkaran kızlarıyla ilgili bir şikâyet mektubu alıyorlar. Okul yönetimi küçük kızın dersleri dinlemediğini, çok hareketli olduğunu, herkesi rahatsız ettiğini, ödevlerini geç getirdiğini, uyumsuz bir öğrencilik hayatı sürdüğünü, dolayısıyla bu şartlarda okula devam etmesinin mümkün olamayacağını bildiriyor aileye ve *"Muhtemelen kızınızda öğrenme zorluğu var"* yazıyor.

Küçük kızın annesi çok üzülüyor duruma. O yıllarda psikoloji, terapi, pedagoji alanlarında yüksek bir gelişimden söz edemeyiz tabii ki. Doğal olarak anne ne yapacağını bilemiyor önceleri. Sonra bir uzman buluyor ve kızını götürüyor ona. Anne kızının yanında okuldaki şikâyetlerin hepsini bir bir sıralıyor uzmana. Problemi anlatıyor ve yardım istiyor. Bunun bir tedavisi olmalı... Uzman küçük kızın kulağına eğilerek şimdi annesiyle birlikte dışarı çıkacaklarını, biraz konuşup hemen geri döneceklerini, kendisinin de odada beklemesini rica ediyor. "Tamam" diyor küçük kız.

Uzman dışarı çıkmadan evvel masadaki radyonun düğmesine basıyor, hoş bir şarkı çalmaya başlıyor bu sırada.

Anneyi alıp dışarı çıkan uzman, küçük kızı camekândan izlemesini istiyor kadından. Küçük kız sandalyeden kalkmış hemen, şarkıya eşlik edip dans ediyor.

"Kızınıza iyi bakın" diyor uzman. "Onun bir kusuru yok, çocuk hasta değil. Sadece müthiş bir kulağı var ve dans etmek istiyor."

Küçük kızı günümüzde seansa almış olsalardı muhtemelen hiperaktivitesi olduğu söylenecekti. Kusur gibi görünen ama aslında kusur olmayan bir durum...

O günden sonra kızını bir dans okuluna yazdırıyor anne. Royal Bale Okulu'na.

Sonra o kız ne mi oluyor?

Dünyanın en meşhur müzikallerinin koreografı oluyor. Meşhur *Cats* müzikali ve *Phantom of Opera*'nın koreografilerini yapan kadın oluyor. İsmi Gillian Lynne... Öğrenme zorluğu yaşadığı için okuldan atılan, yazık ki bir geleceği olmayacağı düşünülen, umutsuz bir vaka olarak bakılan, düzenli bir maaşı, düzenli bir hayatı olmayacağı düşünülen o kız, dünyanın en meşhur ve en çok kazanan koreograflarından biri oluyor.

Kusur gören gözler, kendi içlerindeki uçurumlarla yüzleşmeye cesaret edemeyen, güvenli limanlardan uzaklaşma cesareti olmayan, korkak, içekapanık, katı, kuralcı, yaptırımcı, baskıcı, yaralı ve travmatik kişilerin gözleridir ki içinde yaşadığımız sistem de tam olarak böyle...

Yaşadığımız çağın birtakım kriterleri var ve bu kriterlerin dışındaki her şey onlar açısından bir *kusur*.

Bu meseleyi çok önemsiyorum çünkü tasavvufta da kusur meselesine değinilir. Mevlana kusur gören gözlere dikkat çekmekle birlikte Şems de kusur görmenin ve kusur bulmanın insanın kendine ayna tutmasıyla ilgili olduğu üzerinde durur. Dışarıda bir kusur görüyor olmak, kendinde var olanı başkasında bulmaktan başka bir şey değildir.

Dolayısıyla kimi neden kusurlu, eksik buluyorsan, kimde neyi ne şekilde yeriyorsan, eleştiriyorsan, noksan ve hatalı buluyorsan kendi eksik parçanı yeriyorsundur, kendindeki noksana öfkelisindir, kendinde kusur diye gördüğün şeyi eleştiriyorsundur. Yani kusur meselesine kendin üzerinden bakabiliyor olman çok önemli bir farkındalığa yol açacaktır ki Şems de tam olarak bunu salık verir. "Kusurlu insanların kusurlarını görmeyin, kapatın" kibrinden söz etmez.

Son olarak konuyla ilgili bir hikâye daha anlatmak isterim:

Bir gün bir grup kurbağa yarışa kalkışmışlar. Yüksek bir duvarı aşıp geçeceklermiş. Sayısız kurbağa duvar yarışını izlemek için toplanmışlar bir araya. Duvar öyle yüksekmiş ki izleyiciler hiçbirinin bu yarışı kazanacağına inanmamış ve başlamışlar hep bir ağızdan bağırmaya:

"Başaramayacaksınız! İmkânsız! Başaramayacaksınız!"

Sahiden de kurbağalar birer ikişer düşmeye başlamışlar duvardan. Ne kadar tırmansalar da bir yerden sonra iniveriyorlarmış aşağı. Yarışçıların sayısı iyice azalmış. İzleyici hâlâ bağırıyor:

"Başaramayacaksınız! İmkânsız! Başaramayacaksınız!"

Sonra bir de bakmışlar ki bir kurbağa devam ediyor duvarı tırmanmaya. Düşmeden aşıyor duvarı ve kazanıyor yarışı.

Herkes hayretler içinde. Merak edip koşmuşlar yanına hemen.

"Nasıl başardın?" diye sormuşlar. *"Duvar çok dik, başarman imkânsızdı."*

Yarışı kazanan kurbağa boş gözlerle bakmış yüzlerine. Ne dediklerini anlamamış. O an fark etmişler ki şampiyon kurbağa aslında sağırmış.

İşitmeyen kulağı sayesinde kalbine imkânsızlığın zehri bulaşmadığından, başkalarının başaramayacağını düşündüğü şeyi başarmış işte...

Unutma yol arkadaşım:

Kusursuz olmaya çalışırken herkes gibi olmaya başlarsın. Aynılaşırsın. Kusursuz bir tek tipleşmenin parçası olursun. Diğerleri neyse ona dönüşürsün. Özgünlüğün, nevi şahsına münhasırlığın, otantikliğin çürür, yok olur.

Günümüzdeki kusursuz güzellik algısı bile bir manipülasyondur.

Kusursuzluk çabasıyla yaratılan travmaların, mutsuzlukların, psikolojik yıkımların farkında ol.

İspanyol sosyolog José Ortega y Gasset, *Sevgi Üstüne* adlı kitabında aynen şöyle der:

> *"Olağanüstü güzellik, ince duyarlılıkları olan erkeklerin bir kadını çekici bulmalarına engel olur aslında. Bir yüzün aşırı mükemmellikte olması, o yüzün sahibini nesnelleştirmeye ve bir estetik nesne olarak zevkle seyredebilmek için ondan uzak durmaya iter bizi."*

Kusursuzluk içselleşmez.

Kusursuzluk abideleşir ve abideler hep yalnızdır, ulaşılmazdır.

İnsan, eksik bir varlık olarak gelir dünyaya ama bu eksiklik bir kusur değildir, bir yolculuktur. Hayatı boyunca hep bir tamlık ve bütünlük yolculuğu içinde gelişim gösterir. Tasavvuftaki kâmil insan olma yolculuğu da budur aslında. Şems için kâmil insan olma yolculuğu, yeryüzündeki sürecimizi anlamlandırır. Başkalarında ya da kendinde kusur diye gördüğün şeyler aslında anlamlandırmaya ihtiyaç duyduğun alanlardır. Buralar sende boş kalmıştır, muhtemelen korkmuşsundur çünkü içinde yaşadığın çağ kusurların insana çok şey kaybettireceği, kusursuzluğun çok daha kazançlı olduğu yalanıyla seni maniple etmeye devam etmektedir.

Şems'in öğrencisi bu aldatmacanın farkındadır. Bu kandırmacaya kurban gitmez. Herkes gibi olmaya çalışmaz, kendinin kim olduğunun peşine düşer. Aynılaşmaz özgünleşir. Güvende hissetmek için sürülerin içinde bulunmaya ihtiyacı yoktur, her şeyin geçici olduğunu bilir. Acı da geçer mutluluk da... Hüzün de geçer sevinç de... Hiçbir şey zaten aynı kalmazken, Şems'in öğrencisi niye herkesle hep aynı kalmak istesin ki?

"Taklitten kaçınmak, intikamların en iyisidir."
– Marcus Aurelius

***

Adamın biri hiç hesapta olmadığı halde dergâhın kapısı önünde buluverir kendini bir gün. Aklı dalgın yürürken, ayakları onu buraya sürüklemiştir. Dergâhta, bir Mevlevi ile bir Bektaşi'nin sohbet ettiklerini fark edince durup dinlemeye başlar. Görüldüğünü fark edince gidip tanıtır kendini. *"Konuşmalarınızı işitince dergâhı iyice merak ettim"* der. *"Neler öğretiyorsunuz insanlara burada?"*

Erenlerin ikisi de başlar anlatmaya. Öğütler verirler adama, anlayıştan, terbiyeden, erdemlerden, sabırdan söz ederler. Adam pek memnundur duyduğu şeylerden ama gözleri erenlerin kıyafetindedir sürekli. Ne yapsa alamıyordur kendini.

Mevlevi'nin giydiği kıyafetin kolları çok geniş ve uzundur. Parmakları bile görünmeyecek haldedir neredeyse. Bektaşi'nin kıyafet ise tam tersidir. Gömleğinin kolu kısacık ve daracıktır. Gömleği üzerine yapışmıştır adeta. Üstelik dirseklerine kadar da açıktadır.

Adamcağız istemeyerek de olsa keser sözlerini. *"Affedin beni"* der. *"Lakin dikkatimi veremiyorum anlattıklarınıza. Kıyafetleriniz neden bu kadar farklı?... Mesela sizin gömleğiniz çok geniş. İçinde kayboluyorsunuz neredeyse. Hele kolları öyle uzun ve bol ki parmaklarınızı görmekte bile zorlanıyorum. Neden böyle giyiniyorsunuz?"*

Mevlevi bu soruyu hiç beklemiyordur tabii... Şaşırır işitince. Ellerini çıkarır kumaşın içinden ve uzatır.

"Bu kıyafetin özel bir sebebi var muhakkak" der Mevlevi. *"Çünkü biz insanların günahlarını, ayıplarını ve kusurlarını örteriz. Başkaları görmesin diye bütün kusurları gizleriz."*

Cevap hoşuna gitmiştir adamın. Bu kez Bektaşi'ye döner: *"Ya sizin kıyafetiniz neden bu kadar dar, kollarınız neden bu kadar açıkta? Siz insanların kusurlarını örtmüyor musunuz, iyice ortaya mı döküyorsunuz yani?"*

Bektaşi kendi gömleğine ve kollarına bakar bunun üzerine ve gülümser. *"Hiç öyle şey olur mu?"* der. *"Biz geniş kıyafetlere ihtiyaç duymayız. Kusur örtme ihtiyacı doğmaz bizde... Çünkü biz kimsenin kusurunu görmeyiz bile."*

-V-
SEVDALIMDIR AŞK

Bendeki Sen

"Dilsiz dudaksız sözler söyleyeceğim sana,
bir şeyler anlatacağım bütün kulaklardan gizli,
herkesin ortasında konuşacağım
ama senden başka duyan olmayacak..."

– Şems-i Tebrizi

"Bana iyi geliyor!"

Çok önemli bir cümle bu yol arkadaşım, burada dur ve derin düşün lütfen.

Çağımızın giderek narsisleşen bireyinin aşktaki hedefini açıklıyorum aslında sana şu an. Artık milyonlarca insan, kendi etrafındaki milyonlarca insana hep bu arzuyla ve hep bu arayışla bakıyor çoğunlukla.

Kendine iyi gelecek bir deneyim arıyor.

Ona iyi gelecek bir aşk, ona iyi gelecek bir ilişki, ona iyi gelecek bir ortaklık, ona iyi gelecek bir anlaşma, bir buluşma, bir birliktelik...

Milyonlarca insan *"Bana iyi geliyor"* deneyiminin peşinde.

Bütün yatırımlarını da yine çoğunlukla bu uğurda yapıyor.

Bu ilişki bana iyi geliyor, bu ilişki beni besliyor, bu ilişki bana kendimi iyi hissettiriyor, bu ilişki bana değerli hissettiriyor, bu ilişki beni özel hissettiriyor, beni rahatlatıyor, bana güç veriyor, beni yükseltiyor, beni destekliyor vs.

Kısacası çoğunluk aslında "BANA" çalışıyor. "BANA" iyi gelecek şeyin peşinde. Ona iyi gelecekse eğer, karşılığında bir şeyler vermeye razı.

"Ama ilişki bana iyi gelmeyecekse neden o ilişkinin içinde olmak isteyeyim ki?" savunması kendini haklı çıkarmanın bir yolu sadece.

En büyük hata da bu noktada başlıyor aslında.

Çağımızın ilişkilerini değersizleştiren de, güvensiz kılan da, çatışmaya dönüştüren de, yarışa çeviren de bu alma arzusudur oysa...

Dikkat et iyi olanın kazandığı bir mücadeleye benziyor artık çağımızın çoğu ilişki biçimi... Taktik savaşları, psikolojik savaşlar, algı yönetimi, bedel ödetme, kendini ağırdan satma... Sence de çok tuhaf değil mi?

Sevenin değil de taktiği güçlü olanın kazançlı çıktığı bir bilgisayar oyunundan söz ediliyormuş gibi gelmiyor mu sana da?

Son zamanlarda en sık duyduğum ilişki taktiklerinden biri de *bedel ödetmek*.

Aldatıyorsa cezalandır ki bir daha aldatmasın.

Telefonunu geç açtıysa sen açma ki bir daha toplantıda bile olsa açsın o telefonu.

Öfkelendiyse tavrını koy ki bir daha öfkelenmesin.

Küfrettiyse bedelini ödet ki bir daha ağzını bozmasın.

Bütün bunlar mantıklı geliyor mu sana?

Ya da şöyle sorayım:

Bütün bunların yaşandığı şeyin adı *"ilişki"* olabilir mi?

Buna *"aşk"* ya da *"sevgi"* diyebilir miyiz?

Seni aldatan kişi bir daha aldatmasın diye bedel ödetmeye çalışmak yerine orada aslında bir ilişkinin artık yaşanmadığını fark etmek daha doğru olmaz mı? Daha yürekten, daha samimi, daha dürüst bir tavır değil mi? Acı çektirmenin yollarını aramak yerine acıtmadan yollamanın bir yolunu bulmak daha insanca ve değerli bir tutum sayılmaz mı?

İlişki bize iyi gelmeli, iyi gelmiyorsa bedeli ödetilmeli düşüncesiyle çıktığımız bir yolda karşılaşmayı umduğumuz şey sevmek, sevilmek, değer görmek, değer vermek olabilir mi?

Bu kadar ikiyüzlü ve taraflı bir zihniyete sahipken hayatın bizi mucizeleriyle mutlu etmesini bekliyor olamayız değil mi?

Adına ister evren de, ister sistem de, ister varoluş de, ister ilahi adalet de... Fark etmez... İlahi sistemin zekâsını küçümsemek değil de nedir bu? Madem bedel ödetme taktiğine sıkıca tutunuyoruz son zamanlarda ilahi sistem de bütün bu ikiyüzlülüğün bedelini ödetmeye kalkarsa acaba ne olur?

Her zaman her konuda temiz ve dürüst bir zihne, adaletli bir yüreğe sahip olmak zorundayız. İlişkilere yatırım yapmak elbette çok değerli ama karşılığında ne kadar faiz getireceği hesabıyla gerçekleştirilen yatırımlar her zaman riskli, adaletsiz ve samimiyetsizdir.

Bu yüzden ilişkiye yapılan yatırımların adı emektir. Beklentisiz emek değil, gönül birliğiyle emek...

Neden bir ilişkiye ihtiyaç duyuyorsun?

Soru saçma gibi görünüyor olabilir ama vereceğin cevap çok değerli...

Yalnız kalmamak için mi, herkesin hayatında biri var ama senin yok diye mi, yalnızlığın başarısızlık olduğunu düşündüğün için mi, destek almak için mi, konfor alanı elde etmek için mi, kendini iyi hissetmek için mi, doğanın kanunu bu diye mi?

Evet, bunların hepsi bir cevap...

Ancak hangi ihtiyaçla bir ilişkiye başlamışsan ilişkinin kırıldığı hatta koptuğu yer de aynı ihtiyaçtan kaynaklanmış olacaktır.

İlişkiye sadece almak için başlıyor olmak, bir ihtiyacı gideriyor olmak için atılmak işbirliği ya da ortaklık denemesi yapmaktan çok da farksız değil. Çağımızın ilişkilerinin temel sorunu da bu... *"Biz"* duygusunun hâkim olması gereken yere *"Önce ben"* saplantısı yerleştirildiğinde çok üzülerek söylüyorum ki amiyane tabirle *"ne kadar ekmek o kadar köfte"* tutumu ortaya çıkıyor.

Sevgi temelli ilişkide sebepler çok da söz konusu değildir.

"Onu çok yakışıklı/çok güzel olduğu için sevdim."

"Bana kendimi prenses gibi/kral gibi hissettirdiği için beraberim onunla."

"Muhteşem bir fiziği olduğu için âşık oldum, bayıldım."

"Çok zengin, çok zevkli ve çok bonkör olmasıyla etkiledi beni, kapıldım gittim ona."

"Gücüyle etkiledi beni."

Bunlar bir sevgi ilişkisinin dinamikleri değil, belki hoş bir ortaklığın dinamikleri olabilir. Ancak günün sonunda sevgiden söz ediyor olmayız. Bir şeye çaresizce sımsıkı tutunuyor olmaktan söz ediyor oluruz.

"Sevgi kusurları yok etmez, onları da kabul eder. Bir insanı, hiç sebep yokken yüreğinizde sıcacık hissediyorsanız, işte bu gerçek sevgidir" der Erich Fromm *Sevme Sanatı* adlı kitabında. Bugün bunlar eski Türk filmlerinin alışılmış replikleri gibi geliyor olabilir kulağa ancak sevmekten söz edeceksek almak için değil vermek için yola çıkmayı derinden anlamak gerekiyor.

> *"Sevgi bir şeyler alma mevzuu değildir,*
> *bir şeyler verme arzusudur."*
>
> – Bertolt Brecht

"Çiçekleri sevdiğini söyleyen bir kadının çiçekleri sulamayı unuttuğunu görürsek, onun çiçek sevgisine inanmayız. Sevgi, sevdiğimiz şeyin büyümesi ve yaşaması için gösterdiğimiz etkin (aktif) ilgidir. Bu etken ilginin bulunmadığı yerde sevgi de yoktur.

(...) Birisini sevmek yalnız güçlü bir duyguya kapılmak değildir; bir karardır, bir yargıdır, bir söz vermedir. Sevgi yalnızca duygudan oluşsaydı birbirini ölünceye dek sevmek için söz vermek gerekmezdi. Duygular gelip geçicidir. Eyleme yargı ve karar karışmamışsa duygunun ölünceye dek süreceğini nasıl bilebiliriz?"[1]

Etken ilgi çok değerlidir.

Etken ilginin içinde bilinç vardır, karar vardır, emek vardır... Sevgi şuursuzluk hali değildir. *"Kapılıp gittim işte, ona nedensiz yere delice bağlandım"* duygusu sevgiyle değil psikolojik travmalarla ilgilidir. Yine almak için, tutunmak için, kendini güvende ve iyi hissetmek için bir tutunma ve saplanma halidir bu.

Sevgi bilinçli bir seçimdir, bilinçli bir söz vermedir, sadece duyguyla ve dürtülerle ilgili değildir. "Nefsinin Efendisi" adlı bölümde dürtüsel yaklaşımlara daha yakından bakıyor olacağız. Dürtüsellik *"İçimden öyle geldi"* tutumudur en ilkel tarifiyle...

"Etkilendim sevdim."

"Gördüm bayıldım."

"Ne bileyim onunla olmak istedim bir şekilde, kalbim öyle dedi."

---

1 Erich Fromm, *Sevme Sanatı*, Say Yayınları

"Kendime karşı koyamadım."

"Ona doğru çekildim birden aklımı aldı, büyülendim, gittim."

"Tam aradığım gibiydi, hiç düşünmeden tamam dedim."

Sevgi sadece anlık duygularla ilgili olamaz. İnsanın duyguları değişkendir. Bir an heyecan veren şey bir zaman sonra sıkıcı olur. Bir an büyüleyen şey, sonra korkutucu olur. Bir an coşku gibi gelen şey sonra huzursuz eder. Heyecan, coşku, neşe, merak... Hepsi çok hızlı değişir ve yerini bambaşka duygulara bırakır. İnsanın adına sevgi dediği şeyi, hayatının en kıymetli öznesi olarak seçtiği ilişkiyi dış koşullara bağlı olarak hızla değişen duygularının kontrolüne tamamen teslim etmesi doğru bir yaklaşım olabilir mi?

Tabii ki değil...

Küçücük bir dış faktörle değişir duygular. İlişkilerin kaderini duygulara terk etmek bilinci, sağduyuyu, zekâyı devreden çıkarmak sayısız ilişki travmalarına yol açar. Duygular elbette rehberlik eder bize ama hayatımızı kontrol edemez. Çünkü dış faktörler değiştikçe bize verdikleri rehberlikler de değişir. Sürekli değişip duran bir rehberlikle güven dolu, sağlam bir ilişki yaşamak mümkün olmaz.

Yani insan sadece kalbiyle/duygularıyla değil, zekâsıyla da, sağduyusuyla da, bilinciyle ve farkındalığıyla da sever. Aklıyla ve gönlüyle var eder sevgiyi...

> *"Olgunlaşmamış sevgi, 'Seni seviyorum çünkü sana ihtiyacım var' der.*
> *Olgunlaşmış sevginin söylediği ise 'Sana ihtiyacım var çünkü seni seviyorum'dur."*
>
> – Erich Fromm

Önce sevginin inşa edildiği bir ilişkide sevgiden dolayı ihtiyacın vardır ona, ihtiyacın olduğu için sevmezsin onu. Sevgi yapıcıdır, onarıcıdır, çözümcüdür, geliştirir, besler, güven doludur, risksizdir.

Şems, aşk üzerine düşünürken ya da konuşurken hep bir olma halinden söz eder. Bunun bir süreç meselesi, bir bilinç, aydınlanma ve sağduyu meselesi olduğuna gönderme yapar. Aşkın bir şuursuzluk hali, dürtüsel bir yoldan çıkma hali olmadığı üzerinde özellikle durur. Aşka düşmek yoktur, aşkın içinden geçmeyi öğrenmek, yolda büyümek, yanmak, küle dönmek vardır. Yani aslında hep vermek, inşa etmek, anlamak ve olmak...

Katiyen aşkın insana ne vereceği üzerine düşünmemiştir bile... Aşka kendini vermek, aşk için yanmak, yok olmak üzerine bir bilinç geliştirmenin ne kadar değerli olduğunun altını çizmiştir. Bu yanma ve yok olma halinin, şuurunu yitirmiş bir halde kendini uçurumdan atmak demek olmadığını kavradığımızda eşsiz bir aydınlanma yaşarız.

Sevgide hesap kitap yoktur. *"Ben çok verdim o az verdi"* kaygısı yaşanmaz. *"Bana bir şey vermediği için artık sevmiyorum"* diye bir sonuç çıkmaz.

Âşık Veysel'le ilgili bir hikâye anlatılır. Bu hikâye zaman içinde farklı şekillerde de anlatılır oldu. Âşık Veysel'i tanıyanlardan bana hem bu hikâyenin doğru olmadığını söyleyenler oldu ama aynı zamanda doğru olduğunu söyleyenler de oldu. Yaşanmış olsa da yaşanmamış olsa da buna bir hikâye gözü ile bakıp ders çıkaralım. Çünkü bu hikâye bir insanı gerçekten sevmiş olmanın en kıymetli örneklerinden biridir bana göre.

Karısının başka bir adama âşık olduğunu sezer Veysel...

Gece olup yataklarına yattıktan bir zaman sonra karısı kalkar, bohçasını alıp kaçmaya hazırlanır. Ayakkabısını ayağına geçirirken içinde bir şey olduğunu fark eder. Âşık Veysel'in bütün parası ayakkabının içinde duruyordur.

Yanında da bir not:

"Zor zamanlarda yanımdaydın, hastayken bana baktın, çorbamı yaptın. Zor zamanlarda birbirimizin yanındaydık. Al bu para ananın ak sütü gibi helal olsun, gittiğin yerde kendini ezdirme. Bir de güzelliğin on para etmez bu bendeki aşk olmasa."

Âşık Veysel'e "Çok da saf adammış ya" diyenler eminim çok olacaktır yaşadığımız çağın değerleri açısından bakılınca...

Ancak Âşık Veysel "saf" bir adam değildir. Aptal değildir, enayi hiç değildir. O karısını gerçekten sevmiş bir adamdır.

Bu tutumu saflık ya da zavallılık diyerek değerlendiren zihinlerin, sevgi üzerine inşa edilmiş ilişkilerin dinamiklerini tam olarak algılaması biraz daha zor olabilir.

"Veysel kendini de düşünmeli, sevgi kendini feda etmek, kendini hakkını değmeyecek bir insan için sokağa atmak demek değildir ki" sorgulamasını da yapacaktır aynı zihinler. Çünkü "Önce ben" algısı öylesine güçlü biçimde yerleşmiş ki topluma, biri için iyi bir şey yapıyor olmayı neden tercih ettiği soruluyor.

"Neden parasını vermiş ki o kadına, üstelik kadın onu aldatmış, bu saflık değil de ne peki?"

Cevabı çok da zor değil aslında. Üstelik çok da basit ama kavraması kolay olmayabilir elbette.

Sevgi...

Âşık Veysel gece uyumayıp kadını kapıda yakalasaydı, onu aşağılasaydı, beş parasız dışarı atsaydı, gururunu kırsaydı, küfretseydi, *"Yazıklar olsun!"* deseydi, *"Boyun devrilsin, hakkım sana haram olsun!"* diye isyanını bütün köye duyursaydı, karısını bütün köye rezil etseydi, bu tutumunu belki daha haklı bulurduk değil mi?

Neden?

Kadın hak etti. Adamın çok canını yaktı, çünkü adam onu çok sevmişti...

Hayır!

Bu tutum seven bir insanın tutumu değildir işte. Günümüzde artık şiddet içeren her davranışın sevgiden kaynaklandığı yazık ki iyice meşrulaştırılıyor.

Sevdiği için öldürdü.

Sevdiği için dövdü.

Sevdiği için engel oldu.

Sevdiği için tutamadı kendini, zarar verdi.

Sevdiği için aklını kaybetti.

Bunların hiçbiri sevgiyle ilgili değil. Çıkarlara ters düşen bozuşmaların ve ayrılıkların neden olduğu travmalar, öfke krizleri... Burada egolar, şişirilmiş benlikler, değersizlik duyguları, onaylanmama, reddedilme, yetersizlik duygusuyla baş edememe ve daha bir dolu psikolojik sorun söz konusu. Burada her şeyden söz edebiliriz belki ama sadece sevgiden söz edemeyiz.

"Ayrılıklar da sevdaya dahil, çünkü ayrılanlar hâlâ sevgili" diyor ya büyük şair Attilâ İlhan, Âşık Veysel'in onu terk eden karısına karşı sergilediği tutum aslında tam da bu duygunun altını çiziyor.

Tabii ki kalbi kırılmıştır, çok üzülmüştür, böyle olmaması gerektiğini düşünmüştür, ayrılık acısı çekmiştir, canı yanmıştır, kızmıştır, küsmüştür ama canı yandığı için kimseye zarar vermemiştir çünkü karısını sevmiş bir adamdır o.

Duvar yazılarında, şarkı sözlerinde, kaynağı belli olmayan aforizmalarda ahengine bayıldığımız sözlerin yanlış ve yanıltıcı manipülasyonuna ne şekilde maruz kaldığımızın da farkında olmalıyız aslında.

"Gerçek sevgi" diye afili sözlerle kitle iletişim araçlarının her türlüsü kullanılarak kafamıza çakılan düşünce biçimlerinin çoğu yanlış ve kışkırtıcı... Bu yüzden de çok tehlikeli...

Gerçek sevginin saplantı, vazgeçememe, kendini yok etme, bu uğurda acı çekme, isyan etme, öfkede haklı olma duygularını pompalayan hiçbir metnin gerçekliği yok. Sevgi aklın ve yüreğin birliğidir.

***

Yüzlerce insan bir seminere katılmıştı. Konuşmacı, katılımcılarla birlikte bir grup çalışması gerçekleştirmeye karar verince her birine birer balon dağıttı, üzerlerine gazlı kalemle kendi isimlerini yazmalarını istedi. Katılımcılar kendi balonlarının üzerine isimlerini yazdıktan sonra balonların hepsi salonda toplandı ve kapatıldı. Arkasından katılımcılar salona davet edildiler ve onlardan üzerinde kendi isimlerinin yazılı olduğu balonu bulmaları söylendi. Herkes isminin yazılı olduğu balonu aramaya kalkışınca ortalık karıştı tabii... İnsanlar birbirlerini itmeye, çekiştirmeye başladılar. Çarpışanlar birbirlerini düşürdüler hatta. Sinirler iyice geriliyordu artık. Ortalık tam bir kaos...

Kimse kendi balonunu bulamamıştı. Salonda mutsuz ve yorgun sesler yükseliyordu artık.

Bunun üzerine konuşmacı herkesin herhangi bir balonu eline alıp üzerinde yazan ismi okumasını ve sahibine teslim etmesini istedi. Derken kaos ortamı birden yumuşadı. Elindeki balonun ismini okuyan kişi, sakince balonu sahibine uzatınca kısa sürede herkes kendi balonuna kavuşmuş oldu.

"Hayatı da tıpkı böyle yazışıyoruz. Sevme biçimlerimiz bile hep kendimize odaklı" dedi konuşmacı. "Kendi mutluluğumuza konsantre olup sadece onu bulmanın peşine düştüğümüzde kaostan başka bir şey var etmeyiz hayatımızda. Herkes sevgiyi arıyor, aşkı arıyor, mutluluğu arıyor ama bir türlü bulamıyor. Oysa insanın mutluluğu başkasının mutluluğuyla ilgilidir. Sevgi vermeyi, mutluluk vermeyi öğrendiğimizde seviliriz ve mutlu oluruz. Aradığımız şey bize kendiliğinden gelir."

-VI-
SIZLANMAK TÜKETİR

Şikâyet Bir Savunma Mekanizmasıdır

> *"Sızlanmak, sabretmekten daha yorucudur."*
>
> – Hz. Ali

Sanayi devrimi döneminde işçiler gece gündüz dur durak bilmeden, hatta nefes dahi almadan çalıştıklarından en kıymet verdikleri zaman dilimi öğle yemeği arasıymış... Az da olsa soluklanabildikleri, durup dinlendikleri, karınlarını doyurdukları, bir aradayken iki laf edebildikleri kısacık bir süre...

İngiltere'de büyük bir fabrikanın inşaatında çalışan işçiler, öğle yemeği molasında yanlarında getirdikleri yemekleri açıp sohbet ederek yiyorlarmış her gün. İçlerinden biri çantasından çıkardığı yiyecekleri memnuniyetsiz bir yüzle izliyor, sonra başlıyormuş söylenmeye:

"Of yine patates, peynir ve kuru ekmek" diye yakınarak mutsuz yiyormuş yemeğini.

Bu mütemadiyen haftalarca, aylarca her gün ama her gün hep böyle sürüp gitmiş.

Her öğle paydosunda başlıyormuş söylenmeye:

"Of yine patates, peynir ve kuru ekmek."

"Of yine patates, peynir ve kuru ekmek."

Sonunda işçi arkadaşları dayanamamış isyan etmişler. Zaten topu topu yarım saat keyifle yemek yiyip dinlenecekler, onu da bu adamın yakınmalarıyla geçirmekten bıkmışlar.

"Yeter ama dostum" demişler. *"Madem bu kadar şikâyetçisin yediklerinden, eşine söyle bari hiç değilse ara sıra başka bir yiyecek koysun çantana. Sen de burada böyle yakınıp durma artık."*

Adam anlamsız gözlerle bakmış iş arkadaşlarına:

"Ben evli değilim ki, her sabah yiyecek çantamı kendim hazırlarım."

***

Hayatı da tıpkı bu trajikomik duygunun içine hapsolmuşuz gibi yaşıyoruz.

Şikâyetçisi olduğumuz kısırdöngülerin faili olduğumuzu görmezden gelmeye çalışarak, içinde olmayı hiç istemediğimiz durumları kendi elimizle sürmeye devam ediyoruz.

Hep bir memnuniyetsizlik, hep şikâyet, hep yakınma...

"Bıktım her sabah acı kahve içmekten" diye şikâyet etmeyi, kahveye iki şeker atıp karıştırmaktan daha fazla tercih ediyor olmamızın altında kim bilir nasıl bir *"duygusal kazanım"* yatıyor aslında...

Şikâyet bir savunma mekanizmasıdır!

Değişmekten ve değişimin sorumluluklarını üstlenmekten psikolojik olarak kaçınmanın, kendini korumaya almanın bir yoludur.

Neden şikâyet ederiz?

Yaşadığımız mutsuzluğu birileri gelip bizim adımıza düzeltsin, başımıza gelecek olanın sorumluluğunu da üstlensin diye...

Hayatımızda yolunda gitmeyen şeylerden sorumlu olmayı kabul edemeyip her şeyin nedeni olarak şikâyet ettiklerimizi atarız ortaya.

Ayrıca şikâyet etmek iyi hissettirir. Hep başkaları suçludur, hep dışarıda bir şeyler yolunda gitmiyordur. Bütün bunlar düzelse kendimizi daha iyi hissedeceğizdir ama dışarıdaki koşullar iyi hissetmemize imkân vermiyordur. Mutsuzluğumuzdan da memnuniyetsizliğimizden de kendimiz dışında herkes ve her şey sorumlu...

Şikâyetin temelinde özgüvensizlik vardır. Bir şeyleri değiştirmeye cesaret edemeyenler şikâyet ederler. Başkalarını suçlayarak kendilerini daha değerli hissetmenin yolunu ararlar.

"Şu aptal yardımcı kız altı üstü bir kahve yapmayı bile beceremiyor. Aylardır iğrenç kahveler içiyoruz. Elinin lezzeti yok. Dökmeden getirmeyi bile başaramıyor. Güzel ama beceriksiz. İyi ama bir işe yaramıyor. Sessiz biri ama elinden bir kahve bile içilmiyor. Hiç memnun değiliz ondan ama bizimle çalışmaya devam ediyor."

Başkalarının beceriksizliğine tahammül etmek, müsamaha göstermek ya da onlara bir şekilde katlanıyor olmak, bize kendimizi daha "değerli" hissettireceği için yardımcı kıza kahvemizi nasıl içmek istediğimizi söylemek yerine, kötü kahve içerek kıza söylenmeyi tercih ediyoruz.

İstediğimiz hayatı inşa etmemiz mümkünken istemediğimiz hayatı yaşamaktan şikâyet ederek hayata tutunmayı tercih ediyoruz.

Sence de kendimize karşı fazla manipülatif değil miyiz?

Kendimizi kendi zekâmızla alt etmeye kalkışıyoruz resmen.

Neden?

Ne derdimiz var kendimizle?

Düşman mıyız kendimize?

Hayır!

Güvenmiyoruz kendimize!

Yapamamaktan korkuyoruz!

Pişman olmaktan korkuyoruz!

Daha açık konuşayım ister misin?

Aslında mutlu olmaktan da korkuyoruz.

Her şeyin yolunda gittiği *"sorunsuz"* bir hayat yaşamaktan çekiniyoruz.

Çünkü dünyaya geldiğimizden beri hiç *"sorunsuz"* olmadık ki. Sorunlarımız olmadan biz bir hiçiz sanki. Bizi tarif eden, kendimizi tanımlayabildiğimiz en önemli kerterizler sorunlarımız.

Bu yüzden ne istediğimizden çok ne istemediğimize odaklıyız.

Değiştirmek yerine şikâyet etmeye meyilliyiz.

Bu kitabı değiştirmeye cesareti olanlar için yazdım bilgin olsun.

> Şikâyet ederek, sızlanarak, yakınarak zafer kazanılmaz.
> Başaranlar sızlananlar değil, değiştirenler ve değişenlerdir.

Eğer amacın gerçekten acı olmayan bir kahve içmekse, yardımcı kız hakkında söylenmezsin. Kendisinden iki kesmeşeker ve biraz da krema getirmesini rica edersin.

Amacın üzüm yemekse bağcıyı dövmezsin, onunla iyi geçinirsin.

Eğer gerçekten başarmak istiyorsan bahanelere sığınarak her birinden tek tek şikâyetçi olmazsın, çözüme odaklanırsın, çare ararsın ya da sen çarenin kendisi olursun.

Eğer gerçekten eğlenmek istiyorsan *"Hayat beni güldürmüyor"* demezsin, sen de hayatı gıdıklamayı denersin. Böylece birlikte gülümseme şansınız doğar en azından.

Tamam kabul!

Bazen kahveye şeker atmakla, hayatı gıdıklamakla, bağcıyla ahbaplık etmekle çözülemiyor olabilir bazı sorunlar. Sanki boyunu aşıyor gibi görünebilir, iradenin dışında gelişiyor olabilir, çaresiz hissettirebilir, çözümsüzmüş gibi gelebilir.

Merak etme!

Hayatındaki düğümlenmiş noktalara bakarak "Ben bu düğümü ne yaparsam yapayım çözemiyorum, her şey birbirine girmiş, çaresizim, kilitlenip kaldım" diyenler için de bir çözüm yolu var.

Düğümü kesmek!

Her şeye yeniden, gerekirse sıfırdan başlamak için, bugün yolunda gitmeyen her şeyi kesip atmak gerekebilir. Yeniden inşa etmek için önce yıkmak gerekebilir... Yeniden başlamak için önce bitirmek gerekebilir.

Gordion düğümünü bilir misin?

Büyük İskender'e atfedilen bir söylencedir.

"Gordion düğümü gibi karışmak" denir mesela ya da *"Gordion düğümünü çözmek..."*

Kral Midas'ın babası Gordion, Frigya'da öküz kiralayarak saban süren bir çiftçidir. Bir gün farklı türlerde kuşların tepesinde uçuştuğunu fark edip bir kâhine gider ve bunun ne anlama geldiğini sorar. Şehrin girişinde gizemli, güzel bir kız bekliyordur Gordion'u. Gizemli kız Gordion'a kral olacağını, kendisinin de onun eşi olacağını haber verir ki öyle de olur. Gordion, hem bu güzel kızla evlenir hem de Frigya halkı kendi içlerinde yaşadıkları kargaşadan kurtulmak için kâhinin de yönlendirmesiyle Gordion'u kral olarak seçerler.

Bunun üzerine Gordion kağnısını boynunda bir düğümle Zeus'un tapınağına bağlar. İnanışa göre bu düğümü çözen, dünyanın da hâkimi olacaktır bundan böyle.

Büyük İskender, düğümle ilgili kehaneti duyarak gelir ve Gordion'un şehrini alır. Gordion'un düğümüyle karşı karşıya kalır ancak ipin uçlarına ulaşamaz. Düğümü çözmenin mümkün olmadığını görünce kılıcını çıkarıp keser, böylece iplerin uçları çıkar ortaya.

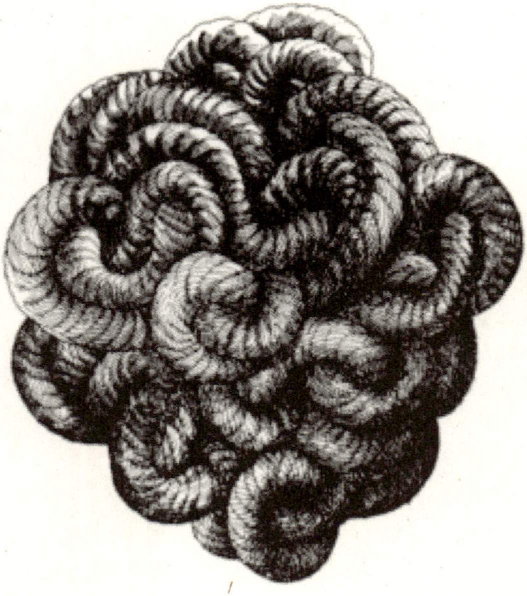

Olmayan bir şeyi oldurmak için o çözümsüzlüğün tepesinde çaresizce beklemeye devam etmek, ne uzayan ne kısalan bu anlamsızlığı sürdürmeye çalışmak, bir çıkmazın içinde dünyanın en kıymetli armağanını yani zamanı harcamak yerine düğümü kesip atmak, en akıllıca çözüm olabilir. Bu tıpkı kangren olan kolu bedenden ayırmak gibi acılı ama hayatın sağlıkla devamı açısından lüzumlu bir müdahaledir.

Hayatında şikâyet ettiğin ne varsa, bil ki orada bir devrime ihtiyaç duyuyorsundur ama ne eline kılıç alıp düğümü kesmeye cesaretin vardır ne de acı kahveye iki şeker atmak geliyordur içinden. Çünkü bütün bu yeni müdahalelerden sonra neler olacağı, kendini nasıl hissedeceğin kocaman bir belirsizliktir. Kendini ve hayatını değiştirmek uğruna atacağın her yeni adımda pişmanlık yaşayabilme ihtimalinin saklı durması, seni tanıdığın bildiğin, hiç yabancısı olmadığın çaresizlik ve mutsuzluk duygusuna sımsıkı tutunmaya iter. Tanıdığın mutsuzluğu tanımadığın mutsuzlukla takas etmeye cesaret edemeyebilirsin.

Daha önce de söylediğim gibi hayatında hiç *"sorunsuz"* kalmadığın için onun yokluğuyla nasıl baş edebileceğinle ilgili bir fikrin olmayabilir.

Yalnız şunu unutma ki şikâyet etmeye devam ettiğin sürece, değiştirmek yerine sızlanmak yoluna gittikçe kullanmadığın bütün kasların felç olacaktır. Hayatının geri kalanını beceri kaslarının artık güçlü ve sağlıklı çalışmamasından dolayı kötürüm geçireceksindir. Değişmemek uğruna göze aldığın sonuçları bir kez daha sorgula bence.

Yetenek bile o kası çalıştırdığında gelişir ancak. Yani durup şikâyet ederek, yerinde sayarak, söylenerek, bekleyerek vakit kaybettikçe problem çözme becerilerini de yitiriyorsun.

Söylenmek, yakınmak, şikâyet etmek şimdiye kadar kendini güvende hissettiğin bir konfor alanına dönüşmüş artık.

Burada kendini rahat hissediyorsun çünkü risk almıyorsun. Başkasını ya da dışarıyı suçlayarak yaşamak iyi hissettiriyor. Memnuniyetsizliğinden de mutsuzluğundan da sen değil başkaları sorumlu ya da dışarıdaki şartlar...

Eviyle işi arasında en az 100 kilometre olduğu halde alıştığı semtten çıkamadığı için *"Avrupa Yakası'nda yaşayamam"* diyerek günde yedi saatini trafikte geçirmeye razı olmuş insanlar tanıyorum ben. Çocukluğundan beri aynı semtte yaşıyordur, o semtin düzeninden, alıştığı rutininden çıkmaya cesaret edemiyordur. Daha konforlu bir evde, işine daha yakın bir semtte, çok daha uygun ekonomik koşullarda huzurlu ve mutlu bir yeni düzen oluşturmak yerine hiç memnun olmadığı, yedi saatini trafikte sinir harbi içinde heba ettiği, bozulan psikolojisinin bedelini kendine ve ailesine acı acı ödettiği, mutsuz, keyifsiz, yorucu, zorlayıcı bir eski düzeni sürdürmeyi yeğliyor. Sabah işe giderken küfür, akşam eve dönerken küfür. Hep yakınıyorlar, hep dövünüyorlar.

"Merhaba" dediğim an *"Bıktım İstanbul'un trafiğinden, hayat mı bu?"* diye başlıyor mesela. Artık insan *"Merhaba"* demek bile istemiyor açıkçası. Çünkü bu bir kısırdöngü, yorucu, boğucu ve sıkıcı... Sadece onun açısından değil, etrafındaki insanlar açısından da bıktırıcı...

Neden bu sızlanma döngüsünün içinde durmakta bu kadar ısrarcı?

Çünkü mutlu bir yeni düzenden korkuyor, *"Ya eskisini daha çok özlersem?"* kaygısıyla... Memnun olmadığı bir düzeni sıfırlamaktan çekiniyor çünkü yeni düzeni inşa edememekten, yaptığına pişman olmaktan korkuyor. Mutsuzluğun ve stresin içinde öylece hareketsiz kalıp bekliyor. Bedeli ne kadar ağır ve yorucu olsa da, şikâyetleri günden güne artsa da, giderek tükeniyor olsa da sıfırlanmaya, yeni kararlar alıp uygulamaya cesaret gösteremiyor.

Elbette sıfırlanmak, kendine ve hayatına format atmaya karar vermek büyük bir devrimdir. Çok da kıymetli bir devrimdir. Eskiyi bırakıp yeniyi inşa etmektir. Alıştığın sistemin dışına çıkmaktır. Henüz alışkın olmadığın yepyeni bir sisteme hazırlanmaktır. Konfor alanını terk etmek hem cesaret işidir hem emek ister. Daha iyi bir sen, daha mutlu bir sen, daha sağlıklı bir sen için bu cesareti göstermeyi ve emek vermeyi tabii ki borçlusun kendine.

Şems bu açıdan çok önemli bir öğretmendir. Şems'te bir şeye ölesiye tutunmak katiyen yoktur. Eğer onun öğrencisi olmak istiyorsan önce saplandığın yer neresiyse, terk edemediğin ya da kaybetmekten korktuğun ya da değiştirmeye katiyen cesaret gösteremeyeceğin şey neyse oraya çok ama çok dikkatli bak. Orası kendine vurduğun zincirdir. Orası ayak bileğindeki prangadır. Orası senin zayıf karnındır ve daima hep buradan yaralanacaksındır. Kopamadığın şeyden şikâyet edeceksin. Bırakamadığın şeyden nefret edeceksin. Öfken günden güne artacak. Üstelik kimseyi suçlamaya hakkın yok.

Belki İstanbul'un trafiğini suçlamaya devam edersin ama emin ol İstanbul'un trafiği şikâyetini işitmiyor olacak.

Şems'in daha çocuk yaşta öğrendiği şey budur biliyor musun?

Asla ama asla hiçbir prensibe, hiçbir insana, hiçbir öğretiye, fikre, hiçbir adrese, insana, hiçbir mülke, servete ve aklına daha ne gelirse gelsin hiçbir şeye tutunup saplanmamıştır. Mevlana'ya bile...

Hayatındaki her şeyi her an terk edip gitmeye hazır olmuştur ve zaten öyle de yapmıştır. Zamanın meşhur âlimlerinden Büzrükümid'in torunu Havend Alâeddin'in oğluydu Şems. Babası ticaretle meşguldü ve çok değerli şeyhlerden çok önemli eğitimler almıştı. Arapçayı ve Farsçayı çok iyi derecede biliyordu. Astronomi, mantık ve fıkıh ilimleri üzerine derin bir bilgiye sahipti, ayrıca felsefeye de hâkimdi. Şeyhi Selebaf'ı da çok seviyordu lakin edindiği bilgiyle tatmin olmuyordu. Sadece şeylerden aldığı bilgilerle yetinemiyordu. Sorguladıkça çok şeyin cevabını bulamıyordu kendinde. Mutsuz ve huzursuz hissediyordu kendini. Öğrenmek, gelişmek, büyümek için yapılabilecek en iyi şeyler zaten yapılmıştı onun için. Oturup bunlarla tatmin bulması ve hayatına devam etmesi beklenirdi en fazla. Bunlar öyle kolayca bırakıp gidilecek şeyler değildi. Ancak Şems'te bir şeye körü körüne tutunmak yoktu. Hayatı boyunca sızlanarak oturamazdı. Küçücük bir çocuk olduğu halde bile buna razı olmadı. Sabah akşam şikâyet ettiği bir düzenin parçası olmak istemedi. Hiçbir garantisi olmadığı halde, kimse ona burs vermeyi, masraflarını karşılamayı, güvenliğini sağlamayı, sonra da helal süt emmiş bir kızla evlendirmeyi vaat etmediği halde yola çıktı. Uçsuz bucaksız bir bilinmezliğe attı kendini.

Cahilce alınmış bir riskten söz etmiyorum ama dikkat et. Çocuk yaşta bile olsa şuursuzca bir davranış değil bu... Şems elinde olanın bilincinde akıllı bir çocuk o zaman. İyi bir eğitimle düşüyor yola. Belki ne aradığını bilmiyor olabilir ama ne istemediğinden, neden şikâyetçi olduğundan çok emin...

Tabii ki sevdikleri oldu, sadakat duydukları oldu hayatında ama onlara da hastalıklı bir acziyetle tutunup kalmadı. Çok sevdiği Mevlana'yı bile gün geldi terk edip gitti.

Unutma ki Şems ateştir yol arkadaşım.

Eylem ondadır. Devrim ondadır. Ateş başlatandır ve yok edendir. Elbette her tercih bir vazgeçiştir. "Ne şiş yansın ne kebap" dünyası bizden muhakeme kabiliyetimizi alıp götürdü. "O da olsun bu da olsun" açgözlülüğü bizden devrimciliğimizi aldı. Kaybetme korkusu yazık ki pek çok konuda tavizler vermemize yol açtı. Ama şunu hep hatırlamak lazım ki tavizleri artan insan bir süre sonra kendine saygısını da yitirir. İnsanın kendine saygısı çok kıymetlidir.

Vazgeçmeyi yeniden öğrenmek lazım gelir. Şems'in yüzlerce yıl önce öğrettiğini şimdi yeniden önümüze alıp kendimize anlatma zamanı.

"Hadi ülkeni terk et, hadi istifa et, hadi şehir değiştir" demeyeceğim tabii ki çünkü bunlar durup dururken gerekçesiz alındığında cahilce kararlar olacaklardır ve zarar vereceklerdir sadece. Şems nasıl ki yola çıkarken elinde olanlardan eminse, sen de önce elinde olanın ne olduğundan emin olmalısın.

Artık bir illüzyon hayatı yaşadığımız için kimse tam olarak kim olduğunun ve elinde ne olduğunun bilincinde değil. Güçlü sanıyor ama aslında değil, iyi sanıyor ama aslında değil, cesur sanıyor ama aslında değil... Elinde ne olduğunu tam olarak bilmek zorundasın.

Bu yüzden önce küçük şeylerden vazgeçmeyi hatırlatmalısın kendine. İllüzyon dünyasında iyice yok olan becerilerini yavaş yavaş uyandırmalısın. O yüzden yüklerine bak önce ve onlardan vazgeçebilme cesareti göster.

Vazgeçemediği, kaldırıp atamadığı yükler insanı ağırlaştırır. Hareket kabiliyetini azaltır. Kararlar alıp uygulama becerisini köreltir. Zaaflarını artırır. İncinme, yaralanma ve kaybetme hassasiyetini yükseltir.

Fazla eşya, fazla düşünce, fazla insan,
fazla sorumluluk, fazla bilgi, fazla mesai,
fazla iş, fazla çalışmak, fazla yorulmak,
fazla dağılmak, fazla hedef, fazla amaç...
Hepsi ama hepsi ne kadar hızlı ve meşgul görünmeye yol açsa da yüksek derecede zaman kaybına, enerji kaybına, motivasyon, güç ve beceri kaybına yol açar.

Fazla düşünmeye başladığında iyi düşünme kabiliyetini yitirirsin. Fazla eşyaya odaklandığında fazla gelir kaybı yaşarsın. Fazla çalıştığında yaratıcılığını, motivasyonunu ve gücünü yitirmeye başlarsın. Seçici olmadan bir dolu bilgi edindiğinde bile kullanamadığın bir bilgi çöplüğü taşımış olursun zihninde.
Çok bildiğin halde hiçbir şey bilmiyor olursun.

Bu yüzden şimdi sana bir yamalı hırkayla huzur dolu kocaman bir ömür geçiren insanlardan ve sadeleşmenin gücünden söz ediyor olacağım.

Sadeleşmeyi hatırlarsan, vazgeçmeyi de hatırlarsın yol arkadaşım.

***

Eğer hâlâ kızıyorsan, kendin ile olan kavgan bitmemiş demektir.
Eğer hâlâ kırılıyorsan, gönül evinin tuğlaları pekişmemiş demektir.
Eğer hâlâ kınıyorsan, af makamına ulaşmamışsın demektir.
Eğer hâlâ koşulsuzca sevmiyor ve sevginde ayrım yapıyorsan, hâlâ vesveseye uyuyor, içindeki sevginin yoğunlaşmasına engel oluyorsun demektir...
Eğer hâlâ "Ben" demekten vazgeçmiyorsan, dizginlerin hâlâ nefsinin elinde ve sen bu esarete boyun eğiyorsun demektir.
Eğer hâlâ musibetlere yana yana üzülüyorsan, gerçeği bilmiyorsun demektir.
Eğer hâlâ şikâyet ediyorsan, HAKİKATİ göremiyorsun demektir.

– Şems-i Tebrizi

-VII-
SADELİĞİN GÜCÜ

Basit Yaşayacaksın Basit

> *"Sadelik en yüksek gelişmişlik düzeyidir."*
> – Leonardo Da Vinci

Şems, hiçbir zaman aza kanaat etmekten söz etmemiştir hayatı boyunca. Mevlana'da da sufizmde aza kanaat ederek yaşamak, bir lokma ekmekle, yamalı bir hırkayla koca ömrü geçirmeye razı olmak yoktur. Bu daha çok Doğu dinlerindeki bazı mezheplerde karşımıza çıkar. Kast sisteminin en alt katında bulunanlar açlığa, yokluğa, sefilliğe ve aza razı olmayı bir şekilde inançlarında da kabullenirler. İkisini birbirinden ayıran çok önemli bir nokta var. Bu anlamda Şems'i de doğru anlamış olmak başka bir aydınlanma sağlayacaktır.

Bir lokma yemeğe, bir yamalı hırkaya razı olmak, bütün bunlara kanaat etmeyi öğrenmek ya da kabullenmek başka şeydir, ihtiyaç seviyesini azaltmak, fazlasına ihtiyaç duymayacak terbiyeye ve bilgiye sahip olmak başka.

İnsan tüketim çılgınlığı çağında her şeyin ama her şeyin fazlasına ihtiyacı olduğu yanılsamasıyla yazık ki bu becerisini çoğunlukla kaybetmiş oldu. Her şeyin daha fazlasına ihtiyacı olduğu inancı onu zaman içinde isteklerine bir türlü sahip olamadığı düşüncesine esir ederek mutsuz, tatminsiz ve eksik hissettirdi.

Oysa mutluluk çok fazla şeye sahip olmak değil, az şeye ihtiyaç duymaktaydı. İşte Şems'in de bir lokma yemekle, yamalı bir hırkayla bir ömür geçirebilmek anlayışındaki temel nokta burasıdır. Az şeye tahammül edebiliyor olmak değil marifet az şeyle ihtiyaç duyduğunun farkına varmak... Kimsenin altı tane eve ihtiyacı yok. Yedincisi olmadığında kendisini mutsuz, eksik, başarısız hissetmesi kadar acıklı bir kapitalist senaryo daha yok. Kimsenin otuz tane ayakkabıya ihtiyacı yok. Bir ayakkabı odası olmadığı için mutsuz ve eksik hissediyorsa insan kendini, hep daha fazlasına ihtiyacı olduğu yanılsamasına başarıyla sürüklenmiştir ve bu aldatmacanın içinde kendini tatmin etmesi, mutlu hissetmesi mümkün değildir. Çok şeye sahip olmak yerine az şeye ihtiyaç olduğunun bilincinde olmak olağanüstü bir özgürlük, güç ve rahatlamadır.

Tüketim çılgınlığının artık geri dönüştürülemez bir çöp yığınına yol açtığı hatta dünyanın fiziki sağlığını ve sürdürülebilirliğini tehdit etmeye başladığını yeni yeni fark edenler aslında yüzyıllar önce Şems'in az şeye ihtiyaç duyarak hayatta hafif ve özgür olabilmenin felsefesini sanki yeni bir akımmış gibi inşa etmeye çalışıyorlar, üstelik bunu pazarlarken çok daha pahalı yollar sunuyorlar. Sadeleşerek hafiflemek için bile yüksek miktarlarda harcamalar yapmak zorunda bırakıyorlar insanları. Organik yaşamın astarı yüzünü geçiyor.

Oysa sadelik pahalı fiyatlara satın alınan bir şey değildir. Üstelik sadeleşme sadece eşya düzeyinde de olmaz.

Sadelik çok güçlüdür. Basit olan, yalın olan, anlaşılır olan, sade olan hep daha zordur ve hep daha değerlidir. Yüksek bir zekânın ve yüksek bir gelişmişliğin göstergesidir çünkü... Basit yaşamak, güçlü bir irade, sağlıklı bir zekâ, özgüven, kültür ve olgunluk gerektirir. Basit yaşamakla ucuz yaşamayı birbirine karıştırmamak lazım tabii... Günümüzde kavramların artık iyice birbirine girdiğini düşünürsek basitlikle ucuzluğun aynı şeylermiş gibi algılanması ihtimali doğar maalesef.

Basit yaşamak katiyen ucuz yaşamak değildir. Basitlik başkadır, ucuzluk başka... Çok sevdiğim bir şiir vardır. Nâzım Hikmet'in imzasıyla meşhur olmuştur ama şairi Yalçın Ergir'dir. Basit yaşamak üzerine kaleme alınmış çok değerli ve bana göre çok zeki bir şiirdir.

Basit yaşayacaksın, basit
Mesela susayınca su içecek kadar basit
Dört çıkacak, ikiyle ikiyi çarptığında
Tek düğmesi olacak elindeki cihazın
Tek bir düğme, tek bir cümle gibi
Sevince lafı dolandırmadan söylediğin "seni seviyorum" gibi
Basit bir öpücük yetecek sana
Basit, sıcak bir öpücük ve o öpücükle dolacak tüm günlerin, tüm düşlerin
O öpücük için yapacaksın hayatının kavgasını
Öpücük için yiyeceksin, hayatının dayağını
Kabak çekirdeği verecek, sana rakamların veremediği mutluluğu
El yazısıyla yazılmış, eğri büğrü bir mektup olacak

En değerli kâğıdın, hep yanında taşıdığın, atmaya kıyamadığın
İki harekette giyiniverecek, iki harekette soyunuvereceksin
Kısacık olacak uyanman ve yola çıkman arasında geçen süre
Kısacık olacak sıcacık kollara dolanman ve kendin bile anlayabileceksin yazdıklarını
Bakışların bile anlatabilecek kendini
Beklentilerin de basit olacak, Kaf Dağı'nın önünde bekleyecek mutluluklar
Bir ıslıkta bulabileceksin en uzun dostluk romanını ya da bir damla gözyaşı yaşatacak sana en ucuz romanını
Pankreasının sağlığına dua edeceksin kapatırken gözlerini
Zafer işareti yapacaksın tuvaletten çıkarken
Bir kaşarlı tost olacak aradığın, nasıl oturacağını bilemediğin sofrada
Parmakların en kıymetli çatalın, yine, aynı parmaklar çözecek en karmaşık denklemleri
İskender'in kılıcı duracak, avukat rehberinin yanında
Bir filarmoni orkestrası veremeyecek sana, kontrplak bir gitarda doğru basılmış bir fa diyezin mutluluğunu
Makyajı, ilk "a"sına kadar bilmen yetecek, temizlik kokacak en pahalı parfümün
"Bilmiyorum" diyebileceksin bilmediğinde ve çok normal olacak "bilemeyişin"
Tek dereden su getirmen yetecek bir "istemiyorum" diyebilmeye
Ne durduğu fark etmeyecek abanın altında
Saatin, sadece saati gösterecek
Telefonunu sadece telefon etmek için kullanacaksın
Küçük bir not defteri olacak "bilgini" en hızlı "sayan"
Basit yaşayacaksın, basit
Sanki yaşamın bir gün sona erecekmiş gibi basit
Çay, simit ve peynirle...

Çağımızın bazı kişisel gelişimcileri Amerika'dan ithal edilmiş laflarla bütün kitle iletişim araçlarını kullanarak dünyaya "Sınırlarınızı aşın" yaptırımını pazarlıyorlar son yirmi yıldır.

"Senin sınırların yok."

"Potansiyelin sonsuz."

"Tüm dünya senin etrafında dönüyor."

Sınırsızlık, sonsuzluk, limitsiz potansiyeller ve akla hayale sığmayacak büyük şeyler başarabilme ihtimali, nefes kesici Amerikan rüyaları insanları mutlu etmek yerine çok daha mutsuz etti. Bu yalancı sistem, bu karşılığı olmayan vaatler bir noktada çöktü artık.

> İnsan sınırsızken mutlu değildir, sınırlarının ne olduğunun bilincindeyken mutludur. İnsan sınırsız bilgiyle zihnini doldurduğunda kıymetli olmaz, ihtiyacı olan bilgiye ulaşarak onu işlevsel biçimde kullanmaya başladığında değer katar kendine.

"Amerika Birleşik Devletleri'nde şimdiye dek ölçülmüş en yüksek IQ'lardan birine sahip bir kadın, başarılı bir kariyerin keyfini süremediğini çünkü alakasız bilgileri görmezden gelmeyi bir türlü başaramadığını dile getirmiştir. Büyük miktardaki veriyi ayrım gözetmeden kolaylıkla ezberlese bile belli bir durum karşısında hangi bilginin gerekli olduğuna karar verememektedir. Bu kadının kariyerinin durma noktasına gelmesinin nedeni bir meslek ya da bilgi dalında uzmanlaşmaya yönelemeyişidir. Pek çok konu hakkında bilgisi olsa da insanın neyi gerçekten bilmeye ihtiyaç duyup duymadığına karar vermesini sağlayan, doğuştan gelen zihinsel *filtreden* yoksundur."[2]

Gerçekten bilmeye ve öğrenmeye değer olan nedir?

İzlemeye, okumaya, vakit ayırmaya değer olan nedir?

Kendin için bir *"nitelikli yaşam filtresi"* geliştirmelisin. Fazla olan, gereksiz olan, çöp olan her şeyi ama her şeyi süzgeçten geçirerek elemelisin. İzleyeceğin, okuyacağın, giyineceğin, takınacağın, vakit ayıracağın, tanışacağın, emek vereceğin, hayatına alacağın herkesi ve her şeyi bu nitelikli yaşam filtresinden geçirerek kendine dahil etmeye ya da etmemeye karar vermelisin.

Bu bağlamda kendine belirlediğin sınırlar sana çok kıymetli özgürlükler kazandıracaktır.

> Biriktirmek, toplamak, almak, kalabalıklaşmak, yoğunlaşmak özgürlükle değil kölelikle ilgilidir. Atmak, bırakmak, istiflememek, saklamamak, sadeleşmek, azalmak, vazgeçmek, vedalaşmak özgürlükle ilgilidir. Zenginlik ve özgürlük sadelikte ve azalmada gizlidir.
> Hayatını sadeleştirdiğin ölçüde özgürleşirsin, azaldığın miktarda genişlersin...

Sadece eşyada azalmak değil her alanda üzerine yük olarak aldığın her konuda azalmaktan, sadeleşmekten söz ediyorum. Atıl olan her şeyle vedalaş... Atıl düşünce, atıl bilgi, atıl ilişkiler, atıl enerji... Yani sana hiçbir şey katmadığı gibi seni yoran,

2 Renata Salecl, *Cehalet Tutkusu*, Timaş Yayınları, çeviri: Şafak Tahmaz

başarısız hissettiren, mutsuz eden, işe yaramayan, işlevsiz her şeyden sadeleşmek, hepsine büyük bir cesaretle reset atmak sahip olduğun ama taşıdığın ağırlıktan dolayı kullanmaya fırsat bulamadığın bütün becerilerinin açığa çıkmasına imkân verecektir.

***

Mevlana bir gün yanında kitaplarıyla şadırvanın kenarında oturmaktadır. Şems yanına gelip kitapları alır usulca ve Mevlana'nın merak dolu bakışları karşısında şadırvana atar tek tek...
"Babamın yazdığı kitapları da attın ama" der Mevlana üzüntüyle.
Şems elini uzatarak tebessüm eder Mevlana'ya. Şadırvana attığı kitapları birer birer çıkarır bu kez. Hiçbiri zarar görmemiştir, ıslanmamıştır.
"Bu da nedir böyle?" diye sorar Mevlana. "Hepsi sapasağlam hâlâ."
"Bu haldir işte" der Şems. "Hemhaldir!"
Mevlana o günden sonra bilginin peşinde koşmak yerine bilgiyle hemhal olmanın hakikatine uyanır.
Tasavvuf aslında yapmak ya da öğrenmek üzerine inşa edilmiş bir felsefe değildir olma hali üzerinedir. Yapmak değil olmak esastır. Hemhal çok değerli bir kavramdır. Üzerinde uzun bir tefekkür gerekir.

-VIII-
BİLGİNİN KÖLESİ

Gözden Geçirilmiş Seçimler

Bir gün yaşlı derviş dere kenarından geçip dergâhına doğru yürürken genç bir kızla karşılaşır yolunun üzerinde. Genç kız heyecanlıdır, koşar adımlarla yürümektedir. Kucağında da bir sürü elma...

Derviş başıyla selam verir ve gülümseyerek sorar genç kıza:

"Nereye gidersin böyle telaşlı, böyle heyecanlı? Kucağındakiler elma mıdır?"

Genç kız derenin ardını işaret eder uzağa gittiğini anlatmaya çalışarak, *"Sevdiğimin yanına varmaya çalışırım"* der. *"Sevdiğim ötedeki köyün girişinde bir tarlada çalışır. Gün boyu çok yorulur. Ben de ona elma götürüyorum."*

"Kaç elma topladın öyle?" diye sorar derviş.

Kız şaşırır. Kucağındaki elmalara kayar bir anda gözü.

"Bilmem" der omuz silkerek. *"İnsan sevdiğine götürdüğü şeyi sayar mı hiç? Hesabını tutar mı?"*

Derviş bu cevap üzerine sarsılmış. Elindeki tespihi kuvvetle çekip ikiye ayırmış. İpinden boşalan boncuklar bir bir düşmüşler yere...

Birtakım bilgilerin içine hapsediliyoruz hepimiz, birtakım bilgilerle yol alabiliyoruz hayatın içinde ancak yolu kaybetmemek için ama aynı bilgiyle nereye kadar yol alabilir ki insan? Bir yere tutunup oraya hapsolmak, gelişmenin, büyümenin, anlamanın, derinleşmenin önündeki engel değil midir? Bilginin de insanla gelişmesi, derinleşmesi, büyümesi gerekmez mi?

Bu hikâyeyi çok seviyorum çünkü sufinin bilgisini yalanlamıyor aslında. Artık yetersiz olduğunu hatırlatıyor sadece. Elindeki tespih bilgisi yola çıkmak için çok kıymetli bir yöntemdi belki ama ilminde derinleşmiş bir ustanın sayılara hapsolması bilginin köleliğine yol açmaz mı, bilginin köleliği tekâmülün önündeki engellerden birine dönüşmez mi?

Dönüşür elbette...

Ya da şuradan bakalım meseleye... Tespih bilgisine sıkı sıkıya yapışmış bir sufinin, sayıların, sözün, dilin ve dudakların ötesine geçmesi, daha yüksek bir ilim seviyesine ulaşması ne kadar mümkün olabilir ki? Olamaz. Bu haliyle hayatı boyunca boncukların arasında dönüp durur, bunu neden kullanması gerektiğini kendine hatırlatma ihtiyacı bile duymayabilir. Oysa Şems gibi kıymetli öğretmenler, hiçbir bilgiye can simidi gibi yapışıp ömür boyu o bilginin tepesine tüneyerek oldukları yere çakılıp kalmazlar. Ayrıca işlevsiz olan her bilginin deve yükü kadar ağırlık edeceğini de bilirler. Gereksiz yüklerin insan zihnini, yüreğini, bedenini, ruhunu ne kadar zorlayacağını, yıpratacağını fark ederler ve bu yolda mutlaka tedbir alırlar. Şems hiçbir zaman aklını başıboş bırakmış bir adam olmamıştır. Kendi aklını kendi aklıyla yönetebilme kabiliyetini çocukluğundan başlayarak hayatı boyunca hep geliştirmiştir.

Bilgi güçtür kabul. Ama kullanamadığın bilgi de yüktür. Üstelik yanlış bilgiyi yük edinmek zihni çöplüğe dönüştürmektir. Peki zihinsel çöplük, zihinsel boşluk demek de değil midir?

Çok şey biliyor gibi görünürken aslında hiçbir şey bilmiyor olmak ve buna rağmen yoğun bir stres, kaygı, mutsuzluk ve çözümsüzlük yaşamak kötü bir seçim sayılmaz mı?

İnsanın hafızasını geliştirmesi, zihnini kaliteli kullanabilmesi zihnini doldurmasıyla değil, yükünü hafifletmesiyle ilgili. Yani beynini doldurarak değil aslında çöplerden arıtıp boşaltarak geliştirirsin.

Nasıl mı?

Seçimlerini gözden geçirerek...

Sosyal medyadan ya da çağımızın yeni kitle iletişim araçları aracılığıyla maruz kaldığın bütün bilgi bombardımanından ve yaptırımlardan kendini uzak tutabilirsin. İzlemeye, okumaya, öğrenmeye değer bulduklarını saptayabilirsin. Başkalarının okuma listelerini, dinleme listelerini, izleme listelerini terk edebilirsin. Kendin için iyi olanın, verilmeli olanın listesini yapabilirsin. Senin için izlemeye, öğrenmeye ve bilmeye değer olan neyse onları belirleyebilirsin. Bu anlamda neye ihtiyacın olduğunu ancak sen saptayabilirsin yol arkadaşım. Bir fenomene ihtiyacın yok. Bir influencer'ın rehberliğine ihtiyacın yok. Çünkü senden başka hiç kimse neyi bilmeye, öğrenmeye, okumaya, dinlemeye ihtiyacın olduğunu bilemez ve saptayamaz. Odağını kontrol et. Odaklarının farkında ol. Seni ne izlemeye, ne okumaya, ne yapmaya, nasıl yaşamaya, ne dinlemeye, neyi beğenmeye, neyi tercih etmeye zorladıklarını görmelisin.

İzlediğin dizilere bak örneğin. En basit kontrolü buradan yapabilirsin.

Dijital platformların sunduğu "Haftanın en çok izlenen ilk on dizisi" listesinden mi görüp seçtin şu sıralar izlemekte olduğun diziyi, birileri mi önerdi sana "Mutlaka izle çok güzel" diye, yoksa sosyal medyada hakkında çok konuşuluyor diye mi dikkatini çekti?

Bunlar ihtiyacın olan içerikler değil, popüler kültürün sana dayatması olan içerikler... İhtiyacın olanı senden başkası bilemez.

Seni yavaşlatan, yoran ve aslında birer yüke dönüşen düşüncelerinden de vazgeç... Yaşadığın ülkeden ya da şehirden vazgeçme fikrinden hem çok daha kolay hem şimdilik çok daha iyileştirici...

"Düşünmek istemiyorum ama aklımdan çıkmıyor."

"Bu meseleyle ilgili kaygılanmak istemiyorum ama aklıma hep kötü ihtimaller geliyor."

"Tamam üzerinden çok zaman geçti ama beynimin içindeki kavga bir türlü bitmiyor, unutamıyorum, atlatamıyorum olanları."

> Zihnini meşgul eden, içinden çıkamadığın, çözemediğin bütün kaygılarından, sana hizmet etmeyen işe yaramayan olumsuz düşüncelerinden kurtulmanın yolu, zihnine işlevsel bilgileri aktarmak... Zihnin işlevsiz olan her şeyi zaten kendi kendine unutmak yoluna gidecek.

Yabancı dil öğrenmek bu anlamda çok işe yarıyor.

Hem çok keyifli, eğlenceli bir süreç hem de işlevsiz bütün bilgiler yerine faydalı ve yeni olanlar eklendikçe zihni terk edip gidiyor.

Şimdi bir seçim yap lütfen.

Zihnini de azalt. İşlevsiz uyaranlarla ve bilgilerle çöplüğe dönüştürme kafanın içini.

Hayatını azalt...

Seni yoran insanlardan, seni yoran gündemlerden uzaklaş. Seni kaygılandıran, düşündüren, çıkmaza sokan meselelerden çek odağını.

Tüketim çağında kitle iletişim araçları sayesinde ikna edildiğimiz bir yanlış var maalesef.

Nedir o?

Her şeye fazlasıyla ihtiyacımız olduğu...

Oysa her şeye fazlasıyla ihtiyacımız yok.

Fazla olan her şey gemiyi batıracak olan yüklerdir sadece. Ağırlıktır, risktir, tehlikedir.

Ben de Şems'ten şikâyet etmemeyi, bunun yerine değiştirmeyi seçmeyi, hiçbir şeye tutunmamayı, vazgeçebilmeyi öğrenirken zorlandım tabii... Kazandığımız şeylere delice tutunan ve bunlardan güç alan insanlar olarak vazgeçmek öyle hemen alıp uygulayabileceğimiz bir terbiye değil. Şems'ten öğrenmemiz gereken daha pek çok şey var.

Şems hiçbir zaman "Vazgeçmek acıtmaz vazgeçin" dememiştir. Sanıyor musun ki o vazgeçerken, giderken, ayrılırken, bırakırken hiç ama hiç acı duymadı?

Vazgeçmek elbette acısız bir deneyim değil. Bu yüzden kolay olduğunu da iddia edemem. Ama hatırlatabilirim ve zamanla tutunmanın vazgeçmekten daha çok acı verdiğini kanıtlayabilirim. İşe fazla eşyalardan, fazla düşünceden, fazla yemekten başlamayı bu yüzden daha makul buldum. Şems'in ateşi sadece ısıtmaz, yakar da...

Fazla eşyalarımdan kurtulmak için onları topladığımda karşımda bir sürü işe yaramayan eski kıyafetler, objeler, takılar, eşyalar buldum. Tüketime dayalı bu sistem tarafından nasıl da gönül rızasıyla soyulduğumu gördüm, inanamadım. Eve yığdığım, sözde ihtiyacım olduğunu düşündüğüm, bende eksik olduğuna ve mutlaka bu eksikliği gidermem gerektiğine ikna olup satın aldığım eşyalarla resmen soyulmuşum. Dünyanın parasını kaybetmişim. Oysa hiçbirine ihtiyacım yoktu. Kullanmıyordum. Neden aldığımı bile hatırlamadım. "Niye buna para verdim acaba?" dedim. Demek ki bütün bunlara ihtiyacım olduğuna ikna edilmişim bir şekilde.

Bu çok büyük bir manipülasyon.

Dolayısıyla işe buradan başlamanın bir sakıncası yok bana göre. Kullanmadığın eski eşyalarına tutunmaktan, onları saklamaktan vazgeçebilirsin mesela.

Sadeleşmenin hayatına katacağı yüksek kaliteyi deneyimlemek istemez misin?

O halde kullanmadığın eşyalarını saklamaktan vazgeç. Dolaplarını, çekmecelerini boşalt.

> Sadeleşmek tasarruftur. Zaman, para, enerji ve verim kazandırır. Stoklamak ve istiflemekse zarardır. Para, zaman ve enerji kaybettirir. Stres yükler. Verimi azaltır.

Bu küçücük karar, uzun zamandır arayıp da bulamadığın rahatlığı, yaratıcı düşünmeyi ve ilhamı getirebilir sana. Cebinin, ruhunun, zihninin rahatladığını hissedeceksin. Daha mutlu, daha keyifli ve daha üretken olacaksın.

> Zihninde olanı görmek istersen hayatında olanı izle. Hayatın ne kadar dağınık ve kalabalıksa zihnin de o denli dağınık ve düşüncelerle kalabalıktır. Hayatın ne kadar stresli, yorucu ve zorsa zihnin de o denli stresli, yorgun ve çözümsüzdür.

Zihninde neleri stokladığına, neleri istiflediğine bak. Zihninin çekmeceleri hangi eski anılarla, hangi lüzumsuz duygularla, hangi kullanım dışı düşüncelerle, hangi işe yaramaz bilgilerle dolu kim bilir...

Evet bilgi çağındayız ama bilgi arttıkça cehaletin de arttığını unutma. Herkesin her konuda her şeyi biliyor olması gerektiği yaptırımı doğru değil, yanıltıcı. Her konuda her şeyi biliyor olamazsın, bu mümkün değil. Her konu hakkında fikir sahibi olmanı da bekleyemez kimse senden.

"Şu diziyi izledin mi? Nasıl izlemezsin, bütün dünya bunu konuşuyor."

"Şu kitabı okudun mu, nasıl okumazsın, herkes bu kitabı paylaşıyor."

"Şu kişiyi nasıl tanımazsın, bu konuyu nasıl duymamış olabilirsin, bu haberi nasıl atlarsın, nasıl bilmezsin, nasıl anlamazsın?..."

Her diziyi izleyemezsin, her kitabı okuyamazsın, herkesi tanıyamazsın, her haberi izleyemezsin, olan biten her şeyden haberdar olamazsın, her konuda fikir üretemezsin. Sosyal medya *"Acaba atladığım bir şey mi var, bir şeyi kaçırıyor olabilirim, aman sakın atlamış olmayayım?"* kaygısıyla takip edilen dipsiz karanlık bir kuyuya dönüştü. Bilgi çağı bir cehalet çağı da doğurdu beraberinde. *"Aman kaçırmayayım"* kaygısı insanı kendine yabancılaştırdı.

Lütfen bir şeyleri kaçır. Lütfen bazı şeyleri de atlamış ol. Herkesin izlediği dizilere değil, kendi özgün seçimlerinin ne olduğuna odaklan. Herkesin okuduğu kitaplara değil ihtiyacın olana bak. Kendini geliştirmek istediğin alanlara yoğunlaş. Herkesin odaklandığı popüler meseleleri değil gelişmek istediğin alandaki konuları takip et. Sosyal medya sana hizmet etsin sen onun içinde kaybolup gitme.

Sadeleş.

Azal.

Azalt.

***

"İnsanların bazıları karanlıktır. Onlara da nur yağar ama onların gözleri bu nurun oluşturduğu umut ipini tutup da aydınlığa ulaşmalarına kapalıdır. Onlar karanlıktadır. İnsan sayısız kitap okusa da Allah'a ulaşması mümkün olmaz. Çünkü birçok insan başka insanlarla birlikte yaşadıkları halde birbirini gerçekten tanımaz. Birbirini her gün görüp de tanımayanlar için O'nu anlamak ve tanımak nasıl mümkün olacaktır? Birisinden nasip alabilmek için ona, gönül gözü ile bakabilmek gerekir. İşte sizi de tanımaları için gönül gözünüzün açık olması gerekir."

– Şems-i Tebrizi

-IX-
MÜKEMMELİYET TUZAĞI

Mükemmeller Hep Yalnızdır

"Yaşamak çok nadir rastlanan bir şeydir.
Çoğu insan sadece var olur."

– Oscar Wilde

Mükemmeliyet, çok büyük bir erdem ve başarının sırrı olarak hayatımızın içine ve algımıza yerleşmiş durumda farkında mısın?

Sanatta, sporda, iş dünyasında başarı yakalamış insanları karşımıza çıkarıp her birinin ortak özelliğinin mükemmeliyet olduğu pazarlanıyor. Biz de mükemmeliyetçi olamadığımız için yeterince başarılı ve erdemli olmadığımız inancına kolayca kapılıveriyoruz bu sayede.

Oysa mükemmeliyet bir erdem değil, takıntı... Üstelik insanı engelleyen, önünü kesen, özgüvenini sarsan, kaygılandıran bir takıntı... Mükemmeliyette "tamam" noktası olmadığından insan bir şeye başlamak ya da bir şeye cesaret göstermek için kendini hiçbir zaman hazır hissetmeyeceği sonsuz bir stresin içine sürüklenecektir. Uygun koşullar asla oluşmayacaktır, eylem sürekli ertelenecektir, mümkünler şimdilik hep imkânsız olacaktır çünkü mükemmel koşulları var etmek için daha çok beklemek ya da çabalamak gerekecektir. Yola çıkmak için yolun sonunu görmeyi kendine şart koşan mükemmeliyetçilerin çoğu ilk adımlarını bile atamamış olurlar genelde.

Mükemmeliyetçiliğin insan zihninin hatta kompleksinin ve egosunun bir oyunu olduğunu da Şems'le öğrendim ben. Akıl işini ve yürek işini birbirinden özellikle ayırmıştır Şems-i Tebrizi. Sorgulama kabiliyeti yüksek bir akıl, elbette eyleme, arayışa, gelişmeye, öğrenmeye iter insanı. Lakin yola çıkma cesareti akılla değil yürekle ilgilidir çünkü akıl ne olursa olsun hep korkak davranır. *"Yol riskli"* der. *"Otur oturduğun yerde, elindekiyle yetin, dışarıda bir şey yok"* der. Hatta *"Yolun sonunu görmeden yola çıkma"* der. Oysa yolun sonunu görmek için yola çıkılır zaten ve bunun da garantisi olmaz. Hayat kimseye yolun sonunu görme garantisini sunmaz ki yaşamayı serüvene dönüştüren şey de budur zaten.

Şems, yola çıkmak gerektiği bilgisine elbette ki sorgulama becerisi çok yüksek olan aklı sayesinde ulaşmıştır ancak onu yola düşüren aklı değil yüreği olmuştur. Aklı ona *"Ey Şems, sen çok iyi bir eğitim alıyorsun, öğretmenlerin çok kıymetli, sakın baba ocağını terk etme, ailen gidişine çok üzülür, onları üzme, durup dururken kimsenin yüreğine indirme, otur oturduğun yerde, evin düzenini bozma, başına ne geleceğini bilemezsin, yolda belalar var, ölebilirsin"* dememiş midir?

Tabii ki demiştir.

Akıl her ihtimali sorgular ve korumaya yönelik olduğu için de bizi hep kötüden sakınma yoluna gider. Ancak kötü ihtimallerden sakınmak için olduğun yere saplanıp kalmak yolu ıskalamak anlamına gelir aynı zamanda. Belki de asıl tehlike saplanıp kaldığın, korunduğunu sandığın yerdir, bilemezsin. Hayatının altının üstünden daha iyi olup olmadığından emin olamazsın. Şems bu noktada zihnin hapishanesini çok genç yaşta görmüş ve onu alt etme yoluna gitmeyi tercih etmiş bir zekâdır. Cesareti, hareket kabiliyeti, başlatabilme gücü, eylem alma hızıyla gerçekten de tam bir ateş elementidir. Bu yüzden yola çıkmak için en uygun en mükemmel koşulların hazır olmasını beklememiştir çünkü anlamıştır ki mükemmel hazırlık zaten yok, mükemmel koşullar zaten yok... *"Yolda hiçbir şeye ihtiyacım olmayacak, her şey var"* noktasına ulaşmak mümkün değil. Yolda aklına hayaline gelmeyen çok şeye ihtiyacın olacak ve bu ihtimaller yolun en kıymetli güzellikleri...

Mükemmeliyetse yolların çıkmazı... Çünkü mükemmeliyetin bir sonu yok... Asla ama asla *"Tamam şimdi oldu"* diyebileceğin bir sınırı bulunmuyor. Hep daha ötesi ve hep daha fazlası var.

Mükemmeliyeti doymak bilmez bir canavara benzetebilirsin. Verdikçe alır, verdikçe alır, hiç doymaz ve hiç tatmin bulmaz. Mükemmele ulaşmayacaksa o en önemli ilk adımı atmaktan kaçınmayı tercih eden ne çok insan tanıdım ben biliyor musun?

Mükemmeliyet tuzağına düşmüş insanlar çoğunlukla çok mutsuz, tatminsiz, hep daha fazlasının peşinde, katiyen elindekinin kıymetini bilmeyen, şükredemeyen, yetersizlik hissiyle dolup taşan, yorgun, işkolik, sosyal çevreleri kalabalık bile olsa derin yalnızlıklar yaşayan, hiçbir şeyde tatmin ve mutluluk tadamayan insanlardır.

Ne yaparlarsa yapsınlar olmuyordur.

Ne kadar başarırlarsa başarsınlar yetmiyordur.

Katiyen bir şükür noktasına varılamıyordur.

Tamam buna da şükürdür AMA!

Hep bir AMA vardır.

"İsviçre'de iyi bir işim ve gelirim var ama Kanada'da çok daha büyük bir şirketin başında olabilirdim."

"İstediğim bölümü kazandım ama burslu da olabilirdim."

"İstediğim sonucu elde edemeyeceksem bu işe hiç kalkışmamayı tercih ederim, şimdilik erteleyelim."

"Yapmak yetmez, çok iyi olmak gerekiyor."

"Başlamak için erken olduğunu düşünüyorum, biraz daha olgunlaşmak lazım."

"Her şey çok güzel ama sanki tam olmamış gibi, daha iyisi olabilirdi, biraz daha düşüneyim, şimdilik onaylamıyorum."

"Sekiz aydır duvarların boyası için aradığımız rengi bulamıyoruz, ofisin kirasını ödemeye devam ettiğimiz halde bir türlü yerleşemedik."

Mükemmeliyet doyumsuz, tatminsiz ve kederli bir deneyimdir. İçinde hep eksik vardır. Hep yetersizlik vardır.

> *"Her mükemmel varlığın ardında mutlaka bir trajedi vardı. Sanki en sıradan çiçeğin açması için bile dünyanın şiddetli doğum sancıları çekmesi gerekiyordu."*
>
> – Oscar Wilde

Aşırı mükemmeliyet, temeli bakımından öfke doludur. Bir türlü tatmin bulmayan ve giderek artan beklentilerle birlikte çoğalan yüksek standart arzusu elbette her durakta bir sonraki mükemmele kişiyi yönlendireceği için asla ulaşılmaz olacaktır. Ulaşılmaz olan, ele geçmeyen, giderek uzaklaşan ve güçleşen hedefler günün sonunda kişinin kendini eksik, yetersiz ve başarısız hissetmesine yol açacaktır. Böylece en çok kendine öfkelenecektir. En çok kendinden mutsuz olacaktır. Kendiyle kavgalı bir insanın başkalarını mutlu etme, onlara dürüst, içten, sıcak, adil ve barışçıl olma şansı var mı?

Yok!

Mükemmeliyet her ne kadar güzeli aramak gibi görünse de aslında çıkmaza ve imkânsıza doğru son sürat koşmaktır.

Mükemmel olmak zorunda değilsin, ama elinden gelenin en iyisini yapmak zorundasın.

Dürüst olmak gerekirse ben de başlarda bu düşüncenin içine çekilmiştim. Mükemmel olmayacaksa o işe hiç başlamamayı tercih ediyordum. Yaptıklarımı fazlaca eleştiriyordum. Hiçbir şeyle mutlu olamıyordum. Sosyal medyam giderek büyüyordu. İzleyiciler fikirlerini yazıyorlardı, beklentilerini aktarıyorlardı, her şey yolundaydı ben hoşnutsuzdum. "Daha iyi bir içerik hazırlayabilirdim, daha iyi bir mail kaleme alabilirdim, insanlar daha çok sevebilirdi, bu çok acemice oldu, keşke hiç yapmasaydım" diyordum. İyi ama izleyici olmazsa ben nasıl ustalaşacaktım ki? Evde oturup kendi kendime metin mi yazacaktım? Hangisinin iyi hangisinin kötü olduğunu, nerede başarılı nerede başarısız olduğumu nasıl görecektim? Acemice işler yapmadığım sürece ustalaşamayacaktım ki? Saçağın altında durup beklediğim sürece belki ıslanmayacaktım yağmurdan ama gökkuşağını görme şansım da kalmayacaktı. Ben gökkuşağını görmek uğruna yağmurda ıslanmaya razı oldum. Evet mükemmel değildim, belki de hiç olmayacaktım çünkü bu beklentinin bir sınırı yok, her şeyin hep daha iyisi var ve olabilir, o halde mükemmel olmak için saçağın altında beklemeyecektim, elimden gelenin en iyisini yapmaya çalışacaktım sadece. İlk kitabımı yazarken de öyle oldu. Bir türlü istediğim mükemmellik olmuyordu ama belki de hiçbir zaman olmayacaktı. Elimden gelenin en iyisini yapabilirdim sadece... Hâlâ en iyi kitabımı yazmadım. Hep daha iyisi var çünkü. Belki de hiçbir zaman mükemmel olana ulaşamayacağım ama elimden gelenin en iyisini yapmak zorundaydım.

Şems, mükemmel bir seyyah değildi evini terk ettiğinde. Cesur ve yetenekli bir çocuktu. Yolda yağmurda kalabilirdi, üzerine yıldırım düşebilirdi ama evde beklemeye devam ettiği sürece öğrenemezdi kim olduğunu. Mükemmel olmayı beklemedi, elinden gelenin en iyisini yapacaktı sadece... Öyle de yaptı.

Mükemmeliyetin beni baltaladığını bu süreçte keşfettim. Yaptığım işi kafamın içinde çözemezdim, tabii ki sahada öğrenecektim, deneyerek yanılarak ilerleyecektim. Kusurlarım olacaktı, eksiklerim, hatalarım olacaktı. Bunları gizlemekten imtina etmeyecektim. İzleyicim de şahit olacaktı gelişimime, okurum da. Emeklerimin günden güne ne kadar büyüyüp olgunlaştığını onlar da görecekti. Mükemmeli yakalamak mümkün değil çünkü her an yeni bir soluk çekmek için bile eskisini bırakıyorsun dışarı... İçindeki nefes bile aynı kalmıyorken iyi de kötü de yerinde sayacak değildi herhalde. Ben elimden gelenin en iyisini yapmak zorundaydım. Anbean tıpkı alıp verdiğim soluk gibi değiştiğimi, aynı kalmadığımı, yenilendiğimi unutmadan devam edecektim yola. Eski soluğumun kirlendiğini kabul edip yeni ve temiz olanına açacaktım ciğerlerimi. Yaptığım iş de eskiyecekti elbette ama ben bütün işlerimin bana kattığı tecrübeye, kazandırdığı bilgiye şükredip yenisi ve daha güzeli için yine elimden gelenin ***en iyisini*** yaparak, mükemmel olma kompleksine kapılmadan, kendimle savaşmadan, kendimi destekleyerek devam edecektim yoluma.

Hem bunca zaman içinde ne öğrendim biliyor musun yol arkadaşım?

Mükemmeliyetçiler dünyanın en yalnız insanları... Çünkü etraflarındaki hiç kimse hiçbir zaman yeterli değildir onlar için. Hep eksiktirler, hep kusurludurlar, hep yanlıştırlar, azdırlar, yetersizdirler...

Kimseyi olduğu gibi, olduğu haliyle kabul edemez mükemmeliyetçiler. Hep değiştirmek, onarmak, ayarlarıyla oynamak, yapısını kurcalamak, eğip bükmek isterler. Kendilerine göre standart yakalamak isterler başkalarında.

"Keşke biraz daha çalışkan olsaydı, keşke daha iyi bir eğitimi olsaydı, keşke biraz daha uzun boylu olsaydı, keşke daha az konuşsaydı, keşke kitap okumayı sevseydi, keşke teknolojiden anlasaydı, keşke sinemayla ilgilenseydi, keşke daha özgüvenli olsaydı, daha sosyal olsaydı, keşke daha dışadönük olsaydı."

Beklentilerinin, isteklerinin, arayışlarının, yüksek standartlarının sonu yoktur. Hep mükemmelin ve daha iyisinin peşindedir onlar... Bir mükemmeliyetçinin hayatında var olmaya devam etmek çok zordur hatta aslında lüzumsuzdur da. Sonsuz bir çaba gerektirir çünkü. Onu katiyen mutlu edemezsin. Asla tatmin olmayacaktır. Dünyanın en mutlu insanı hissettirmeyi başarsan bile *"Şu an çok mutluyum ama bakalım yarın da devam edecek mi bu süreç?"* derler.

Sen yanlış ya da yetersiz olduğun için değil, o mükemmeliyetçi ve dolayısıyla yanlış olduğu için mutsuzluk cehennemine dönecektir o ilişki...

İnsan kusurlu, eksik bir varlıktır. Bu yüzden elinden gelenin en iyisini yapmak zorundadır. Daha önce örneğini verdiğim gibi eğer bir çay demleyeceksen, elinden gelenin en iyisini demle, katiyen geçiştirme. Eğer bir fidan dikeceksen elinden gelenin en iyisini yap ve bak ona. İhmal etme, geçiştirme. Eğer bir işe kalkışacaksan elinden gelenin en iyisini yap, *"Olduğu kadar"* deyip bırakma. Ama mükemmele zorlayarak lanetleme kendini. Mükemmel çay yoktur, fazla demlenince ille acısı çıkar. Mükemmel fidan yoktur, ille boynu eğridir, dimdik durmaz. Mükemmel iş yoktur, senden hep daha fazlasını ister.

Mükemmel insan yoktur, ille bir yara ya da bir araz taşır içinde. Ama unutma ki Mevlana'nın da dediği gibi: "Işık yaradan sızar..." Yaralarımız, kusurlarımız bizi iyi olmaya zorlar, çünkü bize iyi olmayı öğretir. Kusursuzluğun, mükemmeliyetin laneti imkânsızlığındadır. İnsan mükemmelin peşinde koşarken gelişemez, tatminsizliğin öfkesine kapılarak kaybolur, yorulur, yalnızlaşır. Ama yaralarını iyileştirmeyi öğrenirken olgunlaşır, gelişir, büyür. Kendine deva olmayı öğrendikçe başkalarına da iyi gelir.

-X-
ŞİFALI TEBESSÜM

Güler Yüzlülük Ciddi Bir İştir

> *"Derdini sade anlatan adam dertlidir.*
> *Güzel anlatan edebiyatçı, haliyle anlatan âşık,*
> *tebessümüyle örten ariftir."*
>
> – Şems-i Tebrizi

Çocuk parkında oynayan küçük bir kız çocuğu, bir sabah bankta tek başına oturan, kederli bir adama gülümsedi.

Kederli adam, tanımadığı küçük kızın nedensiz ama içten tebessümü karşısında kendini daha iyi hissetti. Adam, bu iyi duygunun tadını çıkarırken dostuna bir konuda teşekkür etmeyi ihmal ettiğini hatırladı. Bunu ona borçluydu. Hemen kâğıdını kalemini çıkarıp dostuna bir mektup yazdı. Ona içten teşekkürlerini sundu. Bunu hiç unutmayacağını söyledi.

Notu bir restoranda yemek yediği sırada aldı diğer adam. Teşekkür mektubundan çok etkilendi. Öyle keyifliydi ki artık, restoranda çalışan garson kıza yüklü bir bahşiş bıraktı bu kez.

Garson kız hayatında ilk defa bu kadar yüklü bir bahşiş alıyordu. Çok şaşkın ve bir o kadar da memnundu. Akşam eve dönerken kazandığı paranın bir kısmını sokağın başında oturan fakir adamın şapkasına bırakıverdi.

Fakir adam parayı görünce çok memnun oldu. İki gündür boğazından tek lokma geçmemişti. Şimdi karnını doyurabilecekti nihayet. Dışarıda bir şeyler yedikten sonra bir apartmanın bodrum katındaki tek göz odalı evine geri dönerken neşeli bir ıslık tutturmuştu. Fakir adam öyle keyifli hissediyordu ki kendini saçağın altında soğuktan titreyen küçük bir yavru köpek fark etti ve onu kucağına alıp soğuktan korudu. Küçük köpek gecenin ayazında sıcak bir kucak bulduğu için rahatlamıştı. Artık titremiyordu. Adamın sıcak salonunda sabaha kadar koşuşturup oynadı.

Gece yarısından sonra apartmanı dumanlar sardı. Belli ki bir yangın başlıyordu. Dumanın kokusunu alan yavru köpek öyle güçlü havlamaya başlamıştı ki fakir adamı uyandırmayı başardı. Adam uyanıp da yeni başlayan yangını görünce bütün apartmanı uykusundan uyandırdı. Anneler, babalar çocuklarını kaptıkları gibi fırladılar dışarı. İnsanlar zarar görmeden kurtulmuşlardı yangından.

Bütün bunlar (parasal açıdan) üç kuruş değeri olmayan, basit, küçük, sıradan bir tebessüm sayesinde oluyordu. Hepsi bir gülüşün sonucuydu.

> *"Sevdiklerinize gül verin, gülünüz yoksa gülüverin."*
>
> – Mevlana

Tebessüm, dünyanın en kıymetli becerilerinden biridir ve kesinlikle çok ama çok ciddiye almak gerekir. Ağlamak ne kadar güzelse ve insanın olanı biteni kabule geçip affetmesi demekse, kendiyle barışmasıysa, kendini şefkatle kucaklamasıysa tebessüm etmek de insanın kendini o kadar kabul etmesi, onaylaması, insanca desteklemesi, küçümsemeden gözlemlemesidir.

Şems, tebessüm edebilen insanın derdini saklamayı başarmasından çok başkasına zarafetle iyi gelebiliyor olmasını önemser. Tebessüm ve güler yüzlülük çok kıymetlidir, çünkü iyileştiricidir. Tebessüm kâmil insanın hüneridir. Yüksek bir zekânın göstergesidir. Duygularıyla ve dürtüleriyle hareket eden insanlar, yaşamla kavgasını sonlandıramamış ve kendini kontrol etme becerisi geliştirememiş olanlar genelde öfkelidir, egoları yüksektir, fazla kırılgandırlar, tartışmaya ya da sızlanıp yakınmaya hep hazırdırlar, bencildirler. Şems, tebessüm edebilen insanın arif insan olmasını en çok buraya bağlar işte. Tebessüm, nefsinin hâkimi olan, zekâsı yüksek, bilge insanların becerebileceği bir iştir. Özellikle derdi olduğu halde başkalarına yük ya da dert olmak yerine iyi gelmeye devam edebilenler... Gönüllerini terbiye edebilmiş olanlardır.

Ağlamanın ve tebessüm etmenin iyileştirici gücünü hayatım boyunca Şems'ten aldığım rehberlikten öğrendim. Böylece *"eğlenmek"* kavramı son derece ciddi bir mesele olarak çıktı karşıma. İşini eğlenerek yapan insanlardan, kaderine gülümseyenlere kadar hepsinin aslında ne kadar büyük bir bilgeliğe sahip olduklarını anladım.

"Tebessüm kana en hızlı karışan ilaçtır."

– Charlie Chaplin

Güler yüzlü olmak, eğlenceli olmak, yetişkinlere pek yakıştırılmaz biliyorum. *"Çocuk gibi"* yaftasıyla küçümsenirler içten içe. Çünkü eğlenmek, gülümsemek, güler yüzlü olmak, neşeli olmak genelde ciddiyetsizlik ya da laubalilik gibi algılanır.

Gülmenin, neşenin ve coşkunun içinde hep bir hafiflik olduğu kabul edilir. Çoğumuz *"Çok gülme, fazla coşma, göze batma"* gibi uyarılara maruz kalmışızdır. Yaptığımız esprilerden, şakalardan dolayı vicdanımızı sorgulayıp huzursuz hissetmişizdir. İşyerlerinde, ofislerde ve kurumlarda da asık yüzlü bir ciddiyet makbuldür çoğunlukla değil mi? Müşteri ilişkilerinde sıcaklık, ikna kabiliyeti ve güler yüz aranıyor belki artık ama ben bunları manipülasyonun bir parçası olarak gördüğüm için samimi bulmuyorum.

Ciddiyet, neredeyse bütün kurumların aradığı bir nitelik... Oysa bana göre işini yaparken eğlenen, enerjisi yüksek, pozitif, güler yüzlü, coşkulu insanlardan ziyade asık yüzlü, beş karış suratla buz gibi bir tavırla ve uzak mesafelerle işini yapanların tedavi olması gerek... Ciddiyet bir hastalıktır. İnsanın kendini ciddi olmaya zorlaması da bir süre sonra hastalığa yol açacaktır. Ciddiyet strestir. Ciddiyet öfkedir. Ciddiyet sorun odaklıdır. Ciddiyette tolerans yoktur. Ciddiyette işler hep ters gider, illede aksilikler olur ve çözülemez.

"Tebessüm etmek sadakadır."

– Hadis-i Şerif

Ne yalan söyleyeyim ben asık yüzlü insanlarla çalışamam. İşini zorla yapıyor gibi davranan, bulunduğu yerden memnun değilmiş gibi görünen, her an patlamaya hazır barut gibi masasında oturan, "günaydın" demeye çekinen biriyle ne üretebilirsin ki?

Bir defasında bir arkadaşımın çocuğunun bademciklerini aldırtmak için doktor aramaya başlamıştık. Arkadaşım fazla panik, evhamlı ve kaygılı olduğu için kılı kırk yardık desem yalan olmaz. Çocuğunun bademcik ameliyatından bu kadar kaygı duymaması gerektiğini anlatıp rahatlatmaya çalıştık onu ama yok olmadı, başaramadık. Çocuğunun bir şekilde ameliyat masasına yatacak olmasından çok endişeliydi. Biz de daha fazla derinleştirdik tabii araştırmalarımızı.

Sonra bir doktor bulduk. Sahiden de dünyanın en iyi doktoru... Onunla arkadaş olmayı çok istedim tanıştığımda. Neşeli, güler yüzlü, enerjik, şakacı, entelektüel... Çocukla da öyle güzel ilgilendi ki anlatamam. Çocuk da bayıldı doktora. Eve gitmek istemiyor. Ameliyattan korkmuyor. Doktor bir defa kendine çok güveniyor, müthiş güven veriyor, emek harcıyor, zaman ayırıyor... Annenin de çocuğun da psikolojisiyle yakından ilgileniyor.

Çıkışta arkadaşıma *"Doğru insanı bulduk"* dedim sevinçle. *"Olmaz"* dedi. *"Bu doktor olmaz, çok laubali, palyaço gibi..."*

Laubali bulduğu doktor memleketin sayılı genç cerrahlarından biriydi oysa... Ellerinin hüneri bir şehir efsanesine dönüşmüş. Yakında yurtdışına gidecek, bir daha istesek de ulaşamayacağız ona.

Robin Williams'ın çok sevdiğim bir filmi vardı. Bu olaydan sonra çok düşündüm o filmi... Arkadaşıma da izlettim hatta. Çok sevdi ama yine de çocuğunu ameliyat ettirmedi.

Hatırlarsın filmi:

Patch Adams...

Palyaço kılığına girerek hastalarına moral veren, yüzlerini gülümseten, içlerini ısıtan, ilaçtan daha iyi gelen, sevgi ve ilham dolu bir doktor... Hayatın dertlerinden nasibini almış ama insana olan sevgisini, güvenini, merhametini, inancını korumayı başarmış, neşeli, coşku dolu bu karakterin işinde başarısız biri olduğunu söyleyebilir miyiz? Ciddiyetsiz olduğundan, hastalarını önemsemediğinden söz edebilir miyiz?

Katiyen...

Belki de en çok bundan söz edemeyiz. Hastalarını çok fazla önemsediği için, onların sağlığını ve mutluluğunu düşündüğümüzden çok daha fazla ciddiye aldığı için onlardan para bile almayan, hepsine insan gibi davranan, yüzlerini gülümseten ve var gücüyle her birini sağlığına kavuşturmak için çabalayan bir doktorun palyaço kostümleri giyiyor olması onu ciddiyetsiz, laubali, başarısız ve kötü mü yapar?

Asla!

Tam tersine...

İşine ne kadar âşık bir adamla karşı karşıya olduğumuzu hissederiz. İşine âşık insanlar güler yüzlüdür, coşku ve ilham doludur çünkü işlerini zorunlulukla ya da görev duygusuyla icra etmezler. Onlar işlerini yaparken çok eğlenirler, zaten yaptıkları iş için yaratılmış olduklarına inanırlar, bu yüzden ilham doludurlar, yaratıcıdırlar, çözüm odaklıdırlar.

İşini severek ve eğlenerek yapan insanlar ciddiyet maskesi takınmak zorunda hissetmezler kendilerini. Kimseyi manipüle etme mecburiyetinde kalmazlar çünkü... Onlar her an, her koşulda, daima mutlu, yaratıcı, eğlenceli, coşkulu, pozitif ve iyidirler.

İyi hissederler, iyi hissettirirler ve bu yüzden sorunları da kolay çözerler. Gelişmeye ve öğrenmeye açık oldukları için de deneyimleri sayesinde edindikleri onları güler yüzlü ustalara dönüştürür.

İnsanın işini severek yapması ve eğlenmeyi bilmesi çok kıymetli...

> *"Tebessüm bedavadır, vereni üzmez alanı mutlu eder."*
>
> – Şems-i Tebrizi

Konuyu daha iyi anlamak ve kavramak için *"eğlenmek"* kavramının yeniden tanımlanması gerektiğine inanıyorum ben. Eğlenmekten anladığımız şeyler o kadar farklı ki artık, doğru potada buluşmak her zaman mümkün olmuyor.

Eğlenmek demek artık milyonlarca insan için altı saat boyunca Instagram'da, Facebook'ta ya da Tiktok'ta video izlemek, paylaşım yapmak, mesajlaşmak... Netflix'te, Blu TV'de ya da herhangi bir dijital dizi platformunda sabah saatlerine kadar uykusuz kalıp dizi izlemek, sezon bitirmek... Evin içinde bile aile bireylerinden uzak, eşinden ayrı bir dünya içinde ekranlardan herhangi birine kilitlenip kalmak... Birlikte izlemenin giderek birlikte yalnızlaşmak olduğunun bile farkında değil kimse.

Her alanda başkalarıyla ve kendimizle kurduğumuz ilişkilerin niteliği, hayatımızın bütün dinamiklerini etkiler, hatta sağlığımızı bile. Kendimizle ve başkalarıyla ilişkimizin kalitesi bir yerde yaşam kalitemizdir. İşteki verimliliğimizdir, başarımızdır, motivasyonumuzdur, özgüvenimizdir, ilhamımızdır, coşkumuzdur, olgunlaşmamızdır, gelişmemizdir, ruh sağlığımızdır, bedensel sağlığımızdır, zihinsel sağlığımızdır.

Sadece kendi yüzünü güldürmekten sorumlu değilsin, başkalarının yüzündeki tebessümün de sebebi olabilmelisin. Sadece kendine değil başkalarına da iyi gelebilmelisin.

***

"Bazen uzaklaşmak gerekir, yakınlaşmak için. Bazen hatırlamak gerekir, hatırlanmak için. Bazen ağlamak gerekir, açılmak için. Bazen anmak gerekir, anılmak için. Bazen susmak gerekir, duymak için."

– Şems-i Tebrizi

-XI-
MEŞGULİYET TERAPİSİ

Başkasını İyileştirirken İyileşmek

"Meşguliyetten daha iyi bir tedavi yoktur."

– Zekeriyya er-Razı

İrlandalı yazar George Bernard Shaw bir gün doktorunu arar ve "Çok kötüyüm" der. "Kalbimin yenik düşeceğini hissediyorum, hemen gel!"

Doktor koşarak gelir. Üç kat merdiveni soluk soluğa çıkar ve kan ter içindedir. Odaya girdiğinde hiçbir şey yapacak halde değildir artık, koltuğa yığılır ve gözlerini kapatır.

Bernard Shaw doktorunu bu halde görünce çok telaşlanır, yatağından fırlayıp alnına koyar elini, ateşini ölçer, nabzını sayar; "Ne oldu doktor?" diye sorar. "Neyiniz var?"

Doktor güçlükle konuşabiliyordur. "Hiçbir şey söyleme" der. "Galiba ölüyorum. Bu bir kalp krizi olmalı..."

Bernard Shaw iyice paniğe kapılır. Doktoruna yardım etmeye çalışır. Pencereyi açar, hava almasını serinlemesini sağlar, terini kurutur, gömleğinin düğmelerini çözer, soğuk suyla yüzünü siler, bir fincan çay sunar, ilaç verir... Bildiği ne varsa uygular elinden geldiğince.

Neyse ki doktor yarım saat içinde kendine gelir ve "Artık gitmem lazım, çok geciktim" der. "Bana ücretimi öder misin lütfen çıkayım."

Shaw çok şaşkındır.

"Bu gerçekten inanılmaz" der. "Asıl senin bana para vermen lazım, yarım saattir senin için çabalıyorum burada, sen benim neyim olduğunu bile sormadın daha doktor."

"Seni iyileştirdim ya işte" der doktor. "Bu bir tedavidir. Artık ayaktasın ve kendini iyi hissediyorsun. Bana ücretimi ödemek zorundasın."

Shaw kendini yoklar hemen. Sahiden de kötü hissetmiyordur artık. Şaşkınlık içinde gülümser. Doktor söylediklerinde haklıdır sanki...

Hastalıklarımızın büyük kısmının zihinsel fonksiyonlarımızla da ilgili olduğunu biliyoruz artık. İnsan ne kadar kendiyle meşgulse ve kaygılar içindeyse bedensel ve zihinsel açıdan ipin ucunu kaçırması an meselesidir.

Aşırı düşünme kaygılar denizinde kocaman bir girdap yaratır ve emin ol ki o kaygı girdabı insanı bir noktada ille içine çekmeyi başarır.

Bir saat boyunca koltukta tek başına oturup hiçbir şey yapmayarak, sadece kaygılarına, korkularına ve öfkene odaklanarak kendini hasta etmeyi başarabilir, anksiyete yaratabilir, sinir krizi geçirebilir, ağlamaya başlayabilir, intikam duygusuyla dolabilir, çıkmaza sürüklenebilir, çaresizlik hissine kapılabilir, değersizlik duygusunu besleyip artık her an herkese zarar verebilecek duruma sürüklenebilirsin.

Düşünceye ve kaygıya odaklanmak hem çok lüzumsuzdur hem de çok tehlikeli... Endişeli düşüncelerine odaklanarak sağlıklı bir çözüme ve eyleme ulaşman zaten imkânsızdır.

Çok basit bir noktadan bile örnekleyebilirim bunu sana... Hatta ortada bir sorunun dahi olmadığı noktadan örnek verebilirim.

Hayatındaki insanla hiçbir sorunun yok aslında ama sen bir konuya taktın ve kendi içinde kapris yapıyorsun. O seni aramakta geciktiğinin farkında bile değilken, sende yarattığı infialden bihaber günü yaşayıp uygun olur olmaz sesini duymaya hazırlanırken sen evde oturduğun yerde hiçbir şey yapmayarak bir felaketin hazırlıklarına giriştin.

Koltukta oturuyorsun ve sahiden de hiçbir şey yapmıyorsun. Ne çay içiyorsun, ne dizi izliyorsun, ne kitap okuyorsun, ne işlerini hallediyorsun, ne bilgisayarın açık, ne yemek yapıyorsun, ne telefonuna bakıyorsun, ne sosyal medyada geziniyorsun...

Hiçbir şey yapmıyorsun.

Hiçbir şeyle meşgul değilsin.

Sadece seni aramakta gecikilmiş olmasını düşünüyorsun.

Düşün bakalım:

"Hep böyle yapıyor, onu ne kadar merak edeceğimi tahmin edemiyor, onu merak etmekten başka bir iş yapamıyorum, aklımı hiçbir şeye veremiyorum, işi neden uzadı acaba, başına bir şey gelmemiştir tabii ki ama neden bu kadar uzun sürüyor, bir mesaj atsa bari... Atmıyor, sorumsuzluk işte. Zaten hep öyle değil mi? Hep ben idare ediyorum. Benim için ne yaptı ki şimdiye kadar, telefon bile açmıyor. Benim için hiçbir şey yapmayan biriyle beraberim ben aslında. Hep ben uğraşıyorum bizim için. En çok ben emek veriyorum. Bu beni çok yoruyor. İkimiz için mücadele etmek yorucu. Karşılığında ne var? Hiçbir şey yok. Telefon açsın diye bekle. Sanki telefon açınca ne olacak? Hayatım mı

değişecek? İyi olduğunu öğrenip ne yapacağım, hayatıma daha mutlu bir insan olarak mı devam edeceğim? O kim ki üzerimde böylesi bir etki kurabiliyor benim? Aslında buna ben izin verdim. Bunu yapmam lazım. Kendime bu kadar değer vermiyorum ben, sonra böyle oluyor işte... Bana bir telefon açmak bile gelmiyor aklına. İstemiyorum böyle bir ilişki... Hiç iyi gelmiyor bana. Çok sıkıldım, çok yoruldum. Ben azıcık bozulsam küsüp gider, kapar telefonunu ama kendi her şeyi yapmakta özgür. Ben ona iyi geliyorum tabii... O kendini değerli hissediyor ama ben hiç iyi hissetmiyorum... Bence bitirme cesareti göstermeliyim. Böyle devam etmemeliyim. Acaba çok mu özlerim ondan ayrılırsam?... Pişman olur muyum? Millete ne diyeceğim, herkes beni suçlayacak, onun mükemmel olduğunu düşünüyorlar çünkü. Bundan nefret ediyorum. Kimseye muhtaç değilim ben, hele o bu aptal sorumsuz insana hiç muhtaç değilim. Bunu kanıtlayabilirim. Hayatıma yeni insanlar girebilir, başkalarıyla birlikte olabilirim... Ben de onu aramayacağım. Ölsün kaygıdan. Düşsün peşime. Kendi bilir. Bitti, buraya kadar. Elim ayağım titriyor sinirden, başıma ağrı girdi, midem bulanıyor, niye bu kadar halsizim? Canım hiçbir şey yapmak istemiyor. Allah herkesin cezasını versin."

Ortada hiçbir şey yok ama giderek yükselmekte olan bir sinir krizi, anksiyete ve buhran var. Hatta bir süre sonra baş ağrısı, terleme, bulantı, isteksizlik, halsizlik yaratacak bir krizin tırmanışı söz konusu...

Kendini şanssız ve fedakâr bir insan olduğuna ikna ettiğin an depresyon da başlayacak. Günü uyuyarak, sinirleri bozuk ve kendini değersiz hissederek geçireceksin. Bunun bedelini hiçbir şeyden habersiz sevgiliye ödeteceksindir tabii.

Günün sonunda yoğunluktan arayamadığı için özür dileyecek olan sevgili, karşısında mutsuz ve hasta bir insan bulacak ve buna hiç anlam veremeyecektir. Çünkü mesele doğru saatte arayıp aramamak değil. Mesele aşırı düşünce ve kaygıya yoğun biçimde odaklanma...

Oysa sadece tatlı bir meşguliyet bile zihni aşırı düşünme ve kaygıya odaklanma halinden çekip çıkarabilir.

Buna *meşguliyet terapisi* denir işte.

Neden hâlâ aramadığı düşüncesi üzerinden öfkeye ve kaygıya odaklanarak krizin ateşini beslemek yerine bir kahve içerek, dizi izleyerek, kitap okuyarak, dostlarla telefonda sohbet ederek, belki mutfakta yemek yaparak bile üstesinden kolayca gelinebilecek bir süreçtir bu. Çünkü ortada bir sorun yok. Ancak zihin öyle güçlü bir potansiyel ki olmayan sorunun ihtimali üzerinden bile anksiyete oluşturma becerisine sahip.

Meşguliyet iyi bir terapi yoludur. Zihnini başıboş bırakma çünkü başına ne işler açabileceğini seni nerelere sürükleyebileceğini kestiremezsin bile.

Zihnini başıboş bıraktığında nereye kaçıp gittiğine hangi düşünceye saplanıp kaldığına dikkat et. Orada bir çukurun kazılmaya başladığını fark edersin hemen. O çukur seni içine çekmek içindir. Buna katiyen izin verme. Kendi zihnini ancak sen alt edebilirsin. Bunu senin adına kimse yapamaz.

Meşgul olmayı öğret kendine.

İyi ve güzel şeylerden bir meşguliyet alanı inşa et.

Başkalarını iyileştirmeye odaklan mesela. Dostlarının dertleriyle ilgilen, onlara nasıl önerilerde bulunuduğuna, çözüme hangi yollardan yürüdüğüne bak.

İnsan en çok başkasını iyileştirirken iyileştirir kendini.
Başkasına merhamet sunarken sever kendini.
Başkasına destek olurken yardım etmiş olur kendine.

-XII-
BU DA GEÇER YA HU

Her Şey Her Zaman Yolunda Gitmeyebilir

> *"Ey İnsan!*
> *Sana gelen gamlar, kederler sende misafirdir.*
> *Sakın onların daimi olduğunu zannetme.*
> *Gelen fani gamlara üzülme çünkü onlar gidicidir."*
>
> – Hz. Mevlana

Kabul edelim ki hayat canlı bir organizma... Anbean değişmeye, devinmeye devam ediyor. Bir an bile durup kalmıyor yerinde. Uykuda bile soluk alıp vermeyi, dönüşmeyi, değişmeyi, akıp gitmeyi sürdürüyor. Böylesine canlı ve değişken bir yapının içinde bazı şeyleri değişmemeye zorlamak, sabitlemeye çalışmak ne kadar beyhude bir çaba aslında değil mi? Boş bir umut, yersiz bir bekleyiş...

Hayatta her şey ama her şey geçer. Her şey akar, devinir, değişir. Üstelik kısacık anlar içinde cereyan eder bütün bunlar. Dolayısıyla kesintisiz hiçbir şey yoktur yeryüzünde. Kesintisiz mutluluk, kesintisiz acı, kesintisiz neşe, kesintisiz coşku, kesintisiz keder, kesintisiz acı...

Hiçbiri yoktur.

Kast sisteminin en alt tabakasında yaşayan, yoksulluğa, hastalığa ve ölüme mahkûm olmuş inançlılar isyana sapmadan, kendilerine zarar vermeden hayatlarını nasıl sürdürürler biliyor musun?

"Eniçça" derler.

Her şey geçici...

Nasılsa bu da geçecek.

Her şey geçecek...

Tabii ki her şeyin geçici olmasından dolayıdır hayatın sürdürülebilirliği... Her şey geçici olduğu için yenilenir ve devam eder yaşam.

Hiçbir acı da ilk günkü şiddetiyle kalmaz. Ne kadar zor da olsa, yıpratıcı da olsa geçer. Hiçbir keder sonsuza dek sürmez. İlle bir yerde hafifler, katlanılır olur, hafifler ve diner bir şekilde...

Bu bağlamda mutluluğun, coşkunun, neşenin, varlığın, güzelliğin bitiyor olması üzücü gibi gelebilir ama aslında bütün bunları eşsiz kılan da yine geçiciliğidir. Geldiğinde kıymetini bilmek, tadını çıkarmak, hakkını vermek, onurlandırmak ve şükrünü etmek gerekir. Aynı deneyimi bir kez daha yaşamak için emek vermek, çaba göstermek, ehlileşmek, büyümek, gelişmek ve olgunlaşmak gerekir. Kesintisiz bir mutluluğun içinde mutluluğun mühendisi olmayı öğrenmek mümkün olmaz.

Yani hayatta her zaman her şey yolunda gitmez. Kesintisiz mutluluk ve coşku imkânsızdır. Hayatın içinde üzüntüler, hüzünler, kayıplar, yokluklar, hayal kırıklıkları, ayrılıklar, acılar da var elbette... Bazen geldi mi üst üste de gelir. İşler öyle bir sarpa sarar ki birbirine dolanır, arapsaçına döner. İlk darbeyle fazla sarsılmakla ilgilidir bu aslında. Acılar birbiriyle randevulaşmaz.

"Aynı yerde buluşup bir anda üzerine abanalım şu insanın" demezler. Beklenmedik bir acıyla ya da üzüntüyle sarsıldıktan sonra kişinin yaşadığı şokun ya da çaresizliğin/paniğin etkisiyle başka hayal kırıklıklarıyla dolu deneyimlere fırsat vermesinden kaynaklanır.

Bu durumda mutluluğu daha çabuk özler tabii insan. Çünkü mutluluktan fazlasıyla uzak olduğu inancındadır.

Son yirmi yıldır kişisel gelişim adı altında insanlara, acıdan koşarak kaçma öğretildi... Üstelik bunu dünya çapında geniş bir algıyla yönettiler. Acı çekmek, mutsuz olmak, kendini kötü hissetmek yasaklandı adeta.

Kendini kötü mü hissediyorsun, hemen aynaya koş ve *"Ben değerliyim"* de.

Canın mı sıkkın, ayrılık acısı mı çekiyorsun, içinden ağlamak mı geliyor hemen mantraları tekrarlamaya başla, *"Ben iyiyim, ben çok iyiyim, acımadı ki, acımadı ki, acımadı ki"* diye sayıkla durmadan.

Mantralar ezberle, yogalardan yoga beğen, tütsüler yak, aynada kendinle konuş, melek kartı seç, yıldızına selam çak, ne yaparsan yap yeter ki acı çekme, kendini kötü hissetme, canın sıkılmasın.

Neden?

Çünkü mutluluk artık ticari bir meta... Bir pazar ürünü... O kadar para ödediğin halde kendini mutsuz hissediyorsan sistemin geçerliliği çöker.

Oysa insan acı da çeker. İnsanın kendini mutsuz hissettiği anlar da vardır. İnsan hayal kırıklıkları yaşar, ayrılık acısı çeker, depresyona girer, canı sıkılır, ağlar, kederlenir, zorlanır... Ama sonra bunlar zaten geçer. Geçmeyen ne var ki?

Yani hayat bazen yolunda gitmediğinde panikleme demek istiyorum.

Korkma!

"Eyvahlar olsun, daha beteri olamazdı, bittim ben, şimdi ne yapacağım, mahvoldum ben!" kaygısına kapılıp dövünme. Sadece sen mutsuz değilsin ve bir günah işliyor gibi kaygılanmana lüzum yoktur. Bunun da geçeceğini hatırlat önce kendine.

Bu da geçecek...

Mutluluk gibi acı da kalıcı değil...

> *"Ümitsizlik köyüne gitme; ümitler var.*
> *Karanlığa doğru yürüme; güneşler var."*
>
> – Hz. Mevlana

Bize unutturulan bu bilinci bir an olsun yakaladığında artık mutlu olma zorunluluğu kaygısı duymayacaksın. Mutsuzluğun da hayatın doğal bir parçası olduğunu ve eninde sonunda geçeceğini hatırlayacaksın. Bundan sonra süreci daha az zararla atlatmak için kendine destek olmak adına atacağın her adım inan çok daha kıymetli olacak.

Mutluymuşsun gibi yaparak yani mutluluğu taklit ederek mutlu olamazsın. Mutsuzluktan da koşarak kaçamazsın. Bu sürecin içinden geçebilme kabiliyeti geliştirmek zorundasın. Yeni bir sen için mutsuzluğu daha az hasarla atlatabileceğin yeni bir süreç de başlatmalısın. Bunun için tabii ki önerilerim olacak. Aynanın karşına geç ve *"Acımıyor ki, hiç canım acımıyor ki, ben bir ruh parçasıyım, ruhların canı yanmaz ki"* numarası yapmanı tavsiye etmeyeceğim tabii ki. Aklıselim olmak her zaman daha kârlı, daha şifalı, daha gerçekçi...

Hayat zorlu bir sürece girdiyse ve çoğunlukla mutsuz hissettirmeye başlamışsa hepsinin eninde sonunda biteceği hakikatini hatırla ve mutluluğa yeniden kavuşacağın yolda aşağıda önereceğim küçük hamleleri gerçekleştirerek destek ol kendine:

> *"İyi ki her şey geçici*
> *İyi ki her şey akıp gidiyor*
> *İyi ki hiçbir şey sonsuza dek yerinde çakılı kalmıyor."*
> – Marcus Aurelius

Mustafa Kutlu'nun çok sevdiğim bir romanı vardır.

Uzun Hikâye...

Sinemaya da uyarlandı ama kitabını hâlâ başka severim.

1940'lı yıllarda geçer hikâye. Bulgar göçmeni bir ailenin başından geçenleri anlatır. Sosyalist lakaplı Ali'nin bir yerleşik düzeni olmamıştır hiç ama toprakla uğraşmakta çok mahirdir. Yaşadığı yeri cennete dönüştürebiliyor olmasını çok sevmiştim ben, çok da etkilenmiştim. Hurdaya çıkmış bir minibüsü öylesine güzel temizler, boyar, düzenler ki dünyanın belki en küçük ama en şirin evini yapmıştır. Bahçesinde çiçekler, dört bir yanı bitkilerle dolu...

Ali de çaresiz bir adam... Gidecek yeri yok, elinde başka imkân yok, ayrıca adı çıkmış sosyaliste, gittiği yerde dikkat çekiyor, adalet kavramı enine boyuna tartışılıyor hayatının içinde. Kolay ve konforlu bir dünyada değil... Dışarıdan bakınca onun yaşadığı hayatı sürmek istemeyebilir insan. Ayakların geri gidebilir, uykudan bile uyanmak istemeyebilirsin o gerçeklikle yüzleşmemek için... Ama sevmediğim yerleri derhal terk etme özgürlüğü vermeyebiliyor hayat bazen. Canımız sıkıldı diye vurup kapıyı çıkamıyoruz. Beğenmedik diye terk edip gidemiyoruz.

Zor diye ayrılamıyoruz. Sevmediğimiz halde sürdürmek zorunda olduğumuz bir düzen duruyor bazen karşımızda.

Sevmediğimiz işlerde çalıştığımız bir dönem olabiliyor, katlanması güç koşullar altında bir yaşam sürdürmemiz gerekebiliyor bir süre... Başka çaremiz yoktur çünkü şimdilik... Romandaki Ali'ye baktığımda da hayat çok da kolay değil onun açısından. Göçmen bir kere... Ne evi var ne yurdu... Hiçbir yere ait değil. Yerleşik bir düzen kurması çok da mümkün değilmiş gibi görünüyor. Terk edip gidemeyeceğine göre, başka çaresi de olmadığına göre sevdiği kızla gönül birliği edip bir hurda yığınını bahçeli şirin bir eve dönüştürüyor, hayatı daha katlanılabilir kılıyor kendince. Çiçeklerini suluyor, hepsine özen gösteriyor, iyi bakıyor. Bir kadını yürekten seviyor, evlat sahibi oluyorlar...

Demem o ki şimdilik gidemiyorsan ve her şeye rağmen sevemiyorsan işini/koşullarını en azından bulunduğun yeri kendin için katlanılabilir, nefes alınabilir hale getirebilirsin. Bunu severek yapacağın işe bir yatırım olarak görürsün ve yanlış yapmış da olmazsın.

***

Zamanın birinde genç veliaht, sultan babasının ölümünden sonra ülkenin yönetimini ele alır ve tahta geçer. Ancak yaverlerine bir emir verir:

"Ben ülkemi iyi yönetmek isterim, bu yüzden de dünya tarihine hâkim olmak isterim. Ne kadar tarihçi varsa, ne kadar bilgin varsa bir araya gelsinler, bana dünya tarihini yazıp versinler."

Genç sultan iki yıl bekler, üç yıl bekler, beş yıl bekler, on yıl bekler, yirmi yıl bekler hâlâ bir dünya tarihi yoktur ortada.

Yaverlerini yanına çağırıp emrini hatırlatır. Hemen haber salınır araştırmacılara. *"Ne oldu sultanın dünya tarihi? Tez getirin araştırmalarınızı. Vakit dolmuştur bundan böyle..."*

Araştırmacılar emre uyarak toparlarlar yaptıkları araştırmaları, aldıkları notları, yazdıkları defterleri... Bir de bakarlar ki kırk deve yüküyle kitap gelir sarayın önüne.

"Biz araştırdık, inceledik, sonra da kaleme aldık, işte size kırk deve yükü kitap, işte size dünya tarihi" der tarihçiler.

Sultan başını sallar, *"Olmaz"* der. *"Kırk deve yükü kitabı okuyup ülkemi yönetecek kadar vaktim yok ki benim. Bunları daha kısa halde toparlayın bana."*

"Tamam" der araştırmacı tarihçiler. Başlarlar çalışmaya yeniden.

Beş yıl geçer aradan ses yok, on yıl daha geçer yine ses yok.

Sultan merak eder kitapların son durumunu...

Nerede bu dünya tarihi?

Sonunda bakarlar ki iki deve yüküne düşmüş kitaplar ama yaşı hayli ilerlemiş olan sultan iki deve yükü kitabı okuyup ülkesini yönetecek zamanı kalmadığını hatırlatır onlara. *"Bunları biraz daha kısaltın"* diye emir verir. *"Ömrüm bunları okuyup uygulamaya vefa etmez."*

Aradan yine yıllar geçer, sultan artık iyice yaşlanmıştır. Dünya tarihini bilmeden, ülkesine bu tarihi bilerek hizmet etmeden gözlerini yummak istememektedir hâlâ. Araştırmacılara sordurur yine: *"Nerede bu dünya tarihi?"*

Bu kez eşek yüküyle gelir kitaplar. Sultan yine üzgün...
"*Olmaz*" der. "*Ömrüm buna da vefa etmez.*"
Aradan birkaç yıl daha geçtikten sonra sultan yaşlılıktan iyice hasta olup yatağa düşer.
"*Dünya tarihini öğrenemeden sultanlık ettim bunca yıl. Beni bu utanca mahkûm ettiniz. Ölüp gidiyorum ama hâlâ istediğim tarih bilgisi yok.*"
Bunun üzerine araştırmacıların başındaki pir, sultanın kulağına eğilip bilgi verir.
"*Sultanım*" der. "*Dünya tarihini epeyce kısalttık bunca yıl... Şu elimdeki tek kitaba kadar indirdik aslında.*"
Ne var ki sultan artık son nefesini vermek üzeredir.
"*Ah*" der üzüntüyle. "*Onu da okumaya vakit kalmadı ki. Hiç değilse bana şu dünya tarihini, sözlü olarak kısaca kulağıma anlatın. Öğrenmeden ölmüş olmayayım.*"
Bilginlerin piri sultanın kulağına eğilir ve şöyle der:
"*Dünya tarihinin özeti şudur sultanım: Doğdular, acı çektiler ve öldüler.*"

-XIII-
NEFSİNİN EFENDİSİ

Kargaşanın İçindeki Sükûnet

> *"Nefsini bilenlerden ol silenlerden değil."*
>
> – Şems-i Tebrizi

Kral bir sabah uyanır ve huzuru en güzel resmedecek olan kişiye büyük bir ödül vereceğini duyurur. Çok geçmeden bunu yapabileceğini iddia edenler birer birer çıkmaya başlarlar ortaya. Huzurun resmini yapanlar sunarlar krala eserlerini... Büyük bir ilgiyle ve merakla resimlere tek tek bakar kral... Ne var ki sadece iki tanesinden çok etkilenir. Hangisini huzurun en güzel resmi olarak ilan edeceğine karar vermesi gerekiyordur.

Resimlerden birinde bir göl vardır. Sakin, berrak, tertemiz bir göl... Üzerine yansıyan birbirinden güzel dağların, tepelerin, ağaçların aksini yansıtıyordur pürüzsüz bir ayna gibi. Resmi her kim gördüyse "Kesinlikle bu" der. "Huzurun resmi işte bu göldür."

Diğerinde ise yüksek dağlar görülüyordur. İrili ufaklı, inişli çıkışlı, kimi yeşil, kimi kahverengi, kimi çiçekli dağlar...

Dağların tepesinde bulutlar vardır, birbirlerine çarparak şimşekler çıkarıyorlardır. Yağmur bardaktan boşanırcasına yağıyordur dağların üzerine. Bir yerde de gürül gürül çağlayan beyaz köpüklü bir şelale vardır. Yani aslında çok huzurlu, sakin görünmüyordur tablo...

Fakat kral şelalenin arkasındaki kayalıkların küçük bir çatlağından sızan cılız bir çalılık fark etmiştir, üzerinde de bir kuş yuvası... Kuvvetle akan suyun arkasında derin bir huzur ve güven içinde kendi yuvasını kurmaya koyulmuştur küçük kuş.

Etrafındaki insanlar her ne kadar ilk tablodan yana oy kullanmış olsalar da kral ikinci tabloyu huzurun resmi olarak seçer. Kararını meraklı gözlerle izleyenlere ise aynen şöyle der:

"Huzur demek gürültüsüz, tehlikesiz, sakin, güvenli bir yerin tadını çıkarmak değildir. Huzur dünyanın bütün gürültü patırtısının ortasında bile yüreğinin kendi sükûnetini bulması ve korumasıdır. Huzur, tartışmasız olarak tam da budur."

Duygu meselesi çok önemli bir konu. Duygunun dışarıdaki faktörlerle gerçekleşen bir etkileşim sonucu ortaya çıktığı bir gerçekse de kaynağı sadece dış faktörler değildir tabii ki. İçsel bir süreci de vardır.

Duygular insan bedenindeki psikofizyolojik değişimlerdir. Bu değişimler beyinde cereyan eden etkileşimler sonucunda ortaya çıkar.

Biyokimyasal ve çevresel faktörlerle etkileşimimiz sonucunda ortaya çıkar. Bilim dalları da, felsefe de, sanat da duygular üzerinde çok durmuş, incelemiş, araştırmalar yapmıştır.

Duygu durumlarımız sağlığımızı, kararlarımızı ve eylemlerimizi doğrudan etkileyen sonuçlar yarattığı için öyle başıboş kendi haline bırakabileceğimiz, akışına göre, geldiği gibi yaşama özgürlüğümüzün olduğu hallerimiz değil. Öyle bir dünya yok!

Duygular çok ama çok önemli...

"Çok kıskanmıştım, bunu nasıl yaptım anlamıyorum."

"Canım sıkkın olduğu için ters konuştum, normalde böyle değilimdir."

"Moralim bozuk olduğu için tahammülüm az."

"Kimse üzerime gelmesin sinirlerim tepemde, sonra pişman olursunuz."

"Uykusuz kaldığım için sabrım tükenmiş olabilir, böyle olsun istemezdim."

"Sonuçta bir ayrılık acısı yaşıyorum, canım çok yanıyor, istemeden kırdım arkadaşlarımı."

"Çok heyecanlıydım, ağzımdan kaçırmış olabilirim, özür dilerim."

"Ama en mutlu günüm bu benim, şakalarıma alınamazsınız."

"Çok neşeliyim uyku tutmuyor beni, hadi uyanın, çıkın yataklarınızdan, bana gelin."

Hayatı bu şekilde kontrol edemediğimiz duygularımızın yönetimi altında yaşayamayız değil mi?

Şimdi durup düşünmeni rica ediyorum senden:

Kararların, seçimlerin, eylemlerin, davranışların çoğunlukla neye bağlı?

Duygularınla mı hareket ediyorsun, bilincinle mi?

"Ben çok duygusal bir insanım, hayatım boyunca hep duygularımın götürdüğü yere gittim" diyerek hayatının bu en büyük hatasıyla övünen, bunu sahip olduğu en romantik en kıymetli nitelik zanneden, hatasına âşık çok insan tanıdım ben.

Duygusallık bir meziyet ya da lütuf değildir. Vicdan ve sağduyu bir meziyettir ve gerçekten lütuftur. İnsanın farkındalıkla, bilinci ve şuuru açık biçimde vicdanı ve sağduyusu arasında muhakeme yaparak hayatını sürdürebiliyor olması gerçekten övünülesi, hayran olunası üstün bir nitelik.
Ancak duygusallık kör bir kuyu... Dipsiz bir girdap... Yani çok tehlikeli...
Duygularına göre hayatını yaşayan insan, dürtüsel hareket ediyordur. Bilinçli ve sağduyulu değildir yani.

"Acıktım yedim, kendimi tutamadım yaptım, canımı sıktı öldürdüm, kıskandırdı vurdum, küfretti yaraladım, yalan söyledi dövdüm..."

Hep bir bahaneleri vardır.

Duyguları!

Öyle hissetmişlerdir böyle yapmışlardır.

İradeleri, muhakeme kabiliyetleri, zekâları, bilinçleri, farkındalıkları yok gibi değil mi?

İnsan dürtüsel yaşıyor oluşuyla övünebilir mi?

Bence utanç verici.

"Tuvaletim geldi hemen oraya yapıverdim."

Yok artık diyorsun değil mi?

O kadar da değil...

O kadar efendim.

O kadar.

"Tuvaletim geldi hemen oraya yapıverdim" dürtüsünden çok da farklı değil verdiğim örnekler.

İnsan duygularından rehberlik alır ama duygularına köle olarak yaşayamaz. Duygularının kölesi olmuş insanın iradesinden, zekâsından, bilincinden, vicdanından, merhametinden, sevgisinden, samimiyetinden, bilincinden söz edemeyiz.

"Sevgi güzel bir duygu ama merhamet de güzel bir duygu" diyeceksin biliyorum.

Bunlar dürtüsel deneyimler değildir ama...

"İçimden geldi sevdim, içimden geldi merhamet ettim, içimden gelmedi sevmedim, içimden gelmedi merhamet etmedim" diyerek deneyimlenmez. Kendi kendini maniple edersin burada sadece.

Sevgi de, merhamet de, hoşgörü de, samimiyet de, dürüstlük de, şefkat de öğrenilen, geliştirilen duygulardır. Aynı şekilde öfke de, nefret de, kavga da, düşmanlık da, haset de, kötülük de öğrenilir, geliştirilir, benimsenir.

Herkes hem çok iyidir hem çok kötü...

Burada bir seçim yaparız. Elbette içine doğduğumuz koşullar seçimlerimizi etkiler çok zaman. Kimi içindeki iyiliği besleme fırsatı bulur ve sevmeyi öğrenerek büyür, kimi sadece kötüyü beslemek zorunda kalır ve öfkeyi öğrenerek büyür.

İstisnalardan söz edecek değilim. Sosyopatlar, psikopatlar, kişilik bozukluğu yaşayanlar, travmatize olmuşlar, zihinsel sorunu olanlar üzerinde durmayacağım. Herkesin zihinsel yapılarını ve duygusal eğilimlerini hesaplayarak çıkarımda bulunmayacağım. Bunu psikiyatrlar zaten yapıyorlar.

Ben asgari müşterekte hayatın içinde yuvarlanıp giden, sağlığı aşağı yukarı yerinde, ortalama bir insandan söz ediyorum.

Senden, benden, bizden...

İyi kötü bir ailede büyüdük, sevenlerimiz oldu sevmeyenlerimiz oldu, okullara gittik, eğitim aldık, bir şekilde meslek edinip hayata atıldık, hem çok sevildik hem terk edildik, bazen kazandık, bazen kaybettik, bazen iyi hissettik, bazen çaresiz, bazen küstük, bazen sıfırdan başladık, bazen zalimleştik, bazen uysallaştık... Hepsi biziz bunların... Hepsini ihtiva ettik, hâlâ parça parça deneyimliyoruz belki çoğunu...

Dikkat et!

Nerede kendini pişman olmuş hissettiysen, nerede kızgın, kırgın, yalnız ve kaybetmişsen, nerede çaresiz, öfkeli, vazgeçmiş, yenilmiş bulduysan kendini, hep duyguların yüzünden olmuştur.

İyi düşün.

Dürtüsellikle verdiğin kararlar seni hep üzmüştür.

Bir anda ya öfkene yenilmişsindir ya korkularına... Ya kaybetmekten korkmuşsundur ya daha kötüsü olur diye...

Halbuki duygularının kontrolünde ustalaşmış bir insan, yani duygularının kölesi olmamış bir insan yaprak gibi oradan oraya savrulmaz. Duygularının estiği yöne sürüklenmez.

Kimseyle savaşmaz, çekişmez, mücadele etmez ve bu yüzden kaybetmez. Kırılmaz, küsmez, darılmaz ve bu yüzden yorulmaz, zarara uğramaz.

Kargaşanın içinde bile sakindir, korkmaz, paniklemez, çökmez, gerilmez, öfkelenmez... Çözüm odaklıdır.

Kargaşanın ortasında insanın sakin ve sağduyulu kalması çok güçmüş gibi geliyor değil mi?

Ama öyle değildir aslında... Çünkü kargaşada olmak çok daha güçtür. Kargaşa yüksek performans ister, enerji ister, adrenalin ister, stres ister, stresle beslenir. Sükûnetse hiçliktir. Düşük enerji, düşük stres, düşük adrenalindir.

> *"Sükûnet gerçek zekânın en iyi cevabıdır."*
>
> – Euripides

Duygularının kölesi olmamak için duygularının tamamen farkında olmalısın. Freni boşalmış kamyonlar gibi hayatının içinde oradan oraya son sürat başıboş biçimde akıp gitmelerine izin veremezsin. Hayatını duyguların mı yönetiyor, bilincin, vicdanın ve sağduyun mu? Bu ayrımı yapmak zorundasın. Aksi halde hayatından sen değil duyguların sorumlu olur... Sürekli değişen, bir saniye öncesiyle bir saniye sonrası aynı olmayan, her şartta ve her yeni koşulda başka bir tecrübeye dönüşen, hakikatle ilgili katiyen kesin ve net sonuçlar sunmayan duygularının kontrolüne bırakamazsın hayatını. Anbean değişen bir sistemin eline teslim edemezsin hayatının en önemli kararlarını ve en kıymetli eylemlerini...

Üzüntünü, kaygını, endişeni, öfkeni, kızgınlığını, acını, mutluluğunu, coşkunu, sevincini izle... Sadece birkaç dakika sürüyor. Sonra yok. Öfkeleniyorsun ama geçiyor, kızıyorsun ama sakinleşiyorsun sonra, korkuyorsun ama korku içinde girmiyorsun yatağa, endişeleniyorsun ama zincire vurmuyorsun kendini. Seviniyorsun, gülüyorsun, coşuyorsun ama sonra sakinleşiyorsun. Sürekli adrenalin pompalamıyorsun. İçinden tatlı tatlı geçip gidebileceğin bu hislerin hayatını etkileyecek hareketlere, kararlara, eylemlere, davranışlara seni sürüklemesi hepsinin geçici ve yanıltıcı olmasından dolayı çok riskli...

"O gün heyecandan ölecektim, hayatımın en coşku dolu en mutlu anıydı" deyip o an evlenmeye karar vermezsin. Hayatındaki insanla ilgili muhakemen zaten birlikte olduğunuz yıllar boyunca oluşmuştur. Sadece o anın tadını çıkarırsın. O an

yaşadığın sevinçten dolayı evlilik kararı alıp ülkeni terk edecek değilsindir. Bu senin yaşadığın tecrübeyi ruhsal olarak, zihinsel olarak yorumlama biçimindir. Başka türlü de yorumlayabilirdin. Hiç heyecanlanmayabilirdin, ayakların yerden kesilmiş hissetmeyebilirdin, gülümsemeyebilirdin bile... Ama sevdiğin insanla yaşadığın deneyimi coşkuyla, neşeyle yorumladın zihinsel olarak. Sadece onun hazırladığı sürprizle ilgili değil, senin yorumlama şeklinle ilgili yani biraz da...

Öfke de öyle... Senin yorumun farklıysa kimseye öfkelenmezsin. Senin yorumun farklıysa kimseye alınmasın, kırılmazsın. Senin yorumun farklıysa kimseye gücenmezsin, sinirlerin tepene çıkmaz delirmezsin. Küfür de etse, meselenin karşı tarafla ilgili olduğuna hükmedersin, öfkelenmezsin ya da zihinsel olarak birtakım reaksiyonlar gelişiyorsa bedeninde nasılsa geçici olduğundan emin olduğun bu psikofizyolojik değişimlerin seni ele geçirmesine ve sonrasında çok pişman olacağın şeyler yaptırmasına izin vermezsin.

> *"Hayatta her şey olabilirsin; fakat önemli olan hayatın içinde insan olabilmektir."*
>
> – Şems-i Tebrizi

"Sana bir tokat atana diğer yanağını da dön" demek değildir duygularının hâkimi olmak... Kararları duyguların vermesine engel olmaktır. Hiç sinirlenmemek değil, öfkeyle kalkıp zararla oturmamaktır. Hiç korkmamak değil, panikle birtakım kararlar alıp uygulamamaktır. Buradaki dengeyi doğru yakalarsan, kimse seni duygularınla maniple edemez. Sen de anbean değişen duygularının kaderine teslim etmemiş olursun hayatını.

***

Leonardo Da Vinci *Son Akşam Yemeği* isimli resmini yapmayı düşündüğünde büyük bir güçlükle karşılaştı...

*İyi*yi İsa'nın bedeninde *kötü*yü de İsa'nın arkadaşı olan ve son akşam yemeğinde ona ihanet etmeye karar veren Yahuda'nın bedeninde tasvir etmek zorundaydı. Resmi yarım bırakarak bu iki kişiye model olarak kullanabileceği birilerini aramaya başladı. Bir gün bir koronun verdiği konser sırasında korodakilerden birinin İsa tasvirine çok uyduğunu fark etti. Onu poz vermesi için atölyesine davet etti, sayısız taslak ve eskiz çizdi.

Aradan üç yıl geçti. *Son Akşam Yemeği* neredeyse tamamlanmıştı, ancak Leonardo Da Vinci henüz Yahuda için kullanacağı modeli bulamamıştı. Leonardo'nun çalıştığı kilisenin kardinali, resmi bir an önce bitirmesi için ressamı sıkıştırmaya başladı.

Günlerce aradıktan sonra Leonardo vaktinden önce yaşlanmış genç bir adam buldu. Paçavralar içindeki bu adam sarhoşluktan kendinden geçmiş bir durumda kaldırım kenarına yığılmıştı. Leonardo yardımcılarına adamı güçlükle de olsa kiliseye taşımalarını söyledi çünkü artık taslak çizecek zamanı kalmamıştı. Kiliseye varınca yardımcılar adamı ayağa diktiler. Zavallı, başına gelenleri anlamamıştı. Leonardo adamın yüzünde görülen inançsızlığı, günahı, bencilliği resme geçiriyordu.

Leonardo işini bitirdiğinde, o zamana kadar sarhoşluğun etkisinden kurtulmuş olan berduş gözlerini açtı ve bu harika duvar resmini gördü. Şaşkınlık ve hüzün dolu bir sesle şöyle dedi:

"Ben bu resmi daha önce gördüm."

"Ne zaman?" diye sordu Leonardo Da Vinci, o da şaşırmıştı. *"Üç yıl önce... Elimde avucumda olanı kaybetmeden önce. O sıralarda bir koroda şarkı söylüyordum, pek çok hayalim vardı, bir ressam beni İsa'nın yüzü için modellik yapmak üzere davet etmişti."*

İyi ve kötünün yüzü aynıdır... Her şey insanın yoluna ne zaman çıktıklarına bağlıdır...[3]

---

3 Paulo Coelho, *Şeytan ve Genç Kadın*, Can Yayınları, 2015

-XIV-
ATEŞ VE SUYUN EŞSİZ DANSI

Aşırılık Ölümcüldür, İyilikte Bile

İkilik yani düalite çok önemli bir prensiptir. Her şeyin zıddıyla var olduğu bilgisinin herkesin kendine ters düşen, onunla çatışan, kendine hiç benzemeyen, aykırı bir karşıtlığıyla var olduğu bilgisi çok yanlış anlaşılıyor. "Zıt kutuplar birbirini çeker" prensibi mesela. Biri pozitif diğeri negatif. Yani biri iyi biri kötü... Biri aydınlık diğeri karanlık gibi dosyalanıyor insan zihninde. Oysa biri diğerinin tersi değildir. Bir diğerinin varlığını tamamlayan denge unsurudur.

Şems ve Mevlana, ikilik prensibi üzerinde çok durmuşlardır.

İkilik prensibi yaratıcı bir prensiptir ve çok kıymetlidir.

İnsan da eril ve dişil prensiplerden doğar, hayat eril ve dişil prensiplerin bir sonucudur. Canlılık ve yaşam tamamen ikilik prensibi sayesindedir. Dünyanın yaşam sistemi tamamen bunun üzerine kuruludur.

Geceyle gündüz birbirinin zıddı ya da tersi değildir. Biri diğerinin varoluşunu dengeleyen, birbiriyle var olan, birbiriyle olduğunda yaratım ve üretim gerçekleştirebilen unsurlardır.

Gece ve gündüz birdir, gece ve gündüz eşsiz bir dengedir. Gün artmaya başlarken gece azalır, gece artmaya başlamışsa gündüz azalır. Biri diğerine akar, dolar, boşalır... Aralarında muazzam bir ahenk, müthiş bir dans vardır.

Yin ve Yang da aynı şeydir. Biri iyilik diğeri kötülük değildir. Her iyiliğin içinde bir kötülük her kötülüğün içinde bir iyilik vardır demek de değildir. Aydınlığın arttığı yerde karanlık azalır, karanlığın arttığı yerde aydınlık azalır. Bir uçta aşırıya kaçılıyorsa orada yaratım ve üretim yani sağlıklı sürdürülebilirlik hastalanmış, sakatlanmış demektir.

Eril ve dişil prensiplerde aynı sistem çalışır. Bir yerde eril enerji artıyorsa orada dişil enerji azalıyordur, dişil enerji artıyorsa eril enerji azalıyordur. İkisinden birinde aşırıya kaçılıyorsa orada sağlıklı denge bozulmuştur. İş hayatında giderek erilleşen kadınlara bak mesela. Eril enerjileri ne kadar yükseliyorsa dişil becerileri de o kadar azalıyordur. Bir uçta aşırıya kaçmışlarsa orada sağlıklı bir sürdürülebilirlik yakalamaları mümkün değildir.

Demem o ki Şems ile Mevlana da aynı prensibin eşsiz dengeleridir. Biri diğerinin zıddı, tersi, benzemez tarafı değildir. Biri diğerinin varoluşunu besleyen dengesidir. Ateş arttığında su azalır, su azaldığında ateş yükselir. Şems'in ansızın ortadan kayboluşundan söz etmiştim kitabın başında hatırlarsan. Bir uçta aşırıya kaçıldığında orada dengelerin nasıl bozulduğu bilgisiyle düşünecek olursan eğer, aslında Mevlana'nın dengesine ulaşması için gittiğini anlayabiliriz değil mi? Şems bilgisiyle, tefekkürüyle, eğitimiyle, vizyonuyla Mevlana'ya kattıkları açısından yükseldiğinde, ateşin taşınamaz şiddeti arttığında karşındaki su, buhar olup uçmaya başlar. Dengenin sağlanması için ateşin hızını kesmesi gerekir... Sana kitabın başındayken "Lütfen sıkılma" demiştim. Aynı şeyi birkaç kez tekrarlayacağım. Çünkü işin özü bu... Ateş artarsa artık ısı ve ışık vermez olur, yakıcı ve yok edici bir güce dönüşür. Şems, başlı başına bu dengenin eğitimidir işte.

İkisi arasındaki ateş ve su dengesi tam da böyle bir şeydir işte.

Gerisi laf kalabalığı, temelsiz tahminlerdir o kadar...

Hayatında hangi noktalarda aşırıya kaçtığına bakmaya başlayabilirsin artık. Çünkü orada ateşle suyun birbirini yok etmeye başladığını görürsün, eğer görürsen dengeyi de sağlayabilirsin.

Aşırıya kaçtığın hiçbir şeyi küçümseme çünkü o noktada kaçtığın, yüzleşmek istemediğin ve kaybetmeyi göze aldığın bir şey vardır.

Birine bağlılıkta aşırıya mı kaçıyorsun?

Uykuda aşırıya mı kaçıyorsun?

Çok çalışmakta aşırıya mı kaçıyorsun?

İnternette vakit geçirmekte aşırıya mı kaçıyorsun?

Bağlılıkta aşırıya mı kaçıyorsun?

Yemekte aşırıya mı kaçıyorsun?

Kahve içmekte aşırıya mı kaçıyorsun?

Öfkende aşırıya mı kaçıyorsun?

Kıskançlıkta aşırıya mı kaçıyorsun?

Kaygıda ve korkuda aşırıya mı kaçıyorsun?

Para biriktirmekte, tutumlulukta (stoklamakta) mı aşırıya kaçıyorsun?

Hepsinin karşısında onun zıddı gibi duran ama aslında tamamlayıcı unsuru sayılan güç prensiplerine odaklan şimdi. Bir noktada aşırıya kaçarken bak bakalım nerede azalıyorsun?

Orada bir denge sorunu vardır işte.

İyileştirmen gereken yer tam da orasıdır.

Yapman gereken tek şey dengeye geri dönmektir. Bunun için birtakım gurulara da ihtiyacın yok. Evrenden bir şeyler umarak dilek sırasına girmene de gerek yok. İlahi sistem yeterince açık bir dille konuşur zaten.

Kâmil insan tam olarak budur işte biliyor musun?

Ne aşkta aşırıya kaçar kendini kaybeder ne öfkesine yenilir.

Ne bağlılığında aşırıya kaçar köle olur ne de kaçar.

Ne kıskanır ne uzaklaşır.

Ne yakasına yapışır ne duyarsız davranır.

Ne nefsine arzularına köle olur ne de dünya hayatından elini ayağını çeker.

Kâmil insan ateşle suyun dengesidir. Şems ve Mevlana da öyle...

Olgun insan kaybetmekten korkmaz çünkü o hiçbir şeyin sahibi olmadığını zaten bilir, elindekinin emanet olduğunun farkındadır. Sahip olduğu can bile ona emanettir. Nefesini bile içinde tutmaz, verir... Çünkü nefes de emanettir, bizim mülkümüz değildir.

Arzularından kaçmak için münzevileşiyorsan orada da bir denge sorunu, sağlıksız bir deneyim başlar. Ne arzularının kölesi olmalısın ne de münzevi...

Ne aşırı ihtiraslı ne aşırı fedakâr.

Ne aşırı korkak ne aşırı cesur.

Ne aşırı ateş ne aşırı su.

Ne aşırı tatlı ne aşırı ekşi.

Ne aşırı alan ne aşırı veren.

Ne aşırı düşünen ne aşırı unutan.

Şems ve Mevlana, güneşle ay gibidir evet. Ateşle su gibidir evet. Birbirlerinin tersi ya da zıddı değil, anlamıdırlar.

Eril ve dişil birbirlerinin zıddı değildir. Kadın ve erkek birbirlerinin tam tersi değildir. Birbirlerinin anlamıdırlar.

Negatif pozitifin tersi değil dengesidir.

Birinin varlığı diğerine bağlıdır ya da birinin anlamı diğerinin anlamıyla ilgilidir.

Birlik ve bütünlük diye tarif edilmeye çalışılan şey de budur aslında.

"Birlik olalım karanlıklar aydınlansın, negatiflik bitsin, ateşler sönsün" demek yersiz bir dilek... Gerçekdışı çünkü... Karanlık bitmez, negatif silinmez, gece yok olmaz, ateş sönmez. Çünkü bunlar bir dengenin diğer ayağıdırlar. Mühim olan dengedir. Sadece aydınlık, sadece güneş, sadece pozitif, sadece dişil, sadece beyaz, sadece iyilik istiyorsan bile karanlığı, geceyi, negatifi, erili, siyahı, kötülüğü dengelemeyi becermen gerekir.

Şems ve Mevlana dengedir.

Hayat bir kutupla diğer kutbun savaşından "iyi olan kutbun" kazanmasını dilemek ya da beklemek değildir, iki kutup arasında sağlıklı ve üretken bir denge kurabilme becerisidir. Dolayısıyla beklemekle olmaz, izlemekle olmaz, durmak hiç olmaz... Devinimi bir dansa dönüştürmeyi başarmak gerekir. Bazen tökezlersin, ayağın kayar, hatta sakatlanırsın bile ama yeri gelir tek ayakla da olsa dansa devam edersin, çünkü müziğin sesini sen nefes aldığın sürece kimse kısamaz.

***

Bir gün şeytanın yolu bir köye düşmüş. Oturup etrafı keyifle izlerken gözüne süt sağan bir kadın takılmış. Hemen ötede de bir buzağı bağlıymış ipe... Annesinden sağılan sütü gördükçe heyecanlanıyormuş, karnı çok açmış çünkü...

Şeytan daha da keyiflenmiş buzağıyı görünce. Hayvanın ipini gevşetivermiş hemen. Karnı aç buzağı annesinin sütüne bakarken, hop oraya hop buraya zıplamaya devam ederken bir de bakmış ki bağlı olduğu ip boşa çıkıvermiş.

Annesine koşturan buzağı kovadaki süte çarpınca hepsi yere dökülmüş, ziyan olmuş. İnek sağan kadın delirmiş sinirden. Yerden bir odun kaptığı gibi buzağının kafasını yarmış. Yavru kanlar içinde yığılmış yere. İnek yavrusunu bu halde görünce durur mu, o da kadına bir tekme geçirip devirmiş, başını da tepince kadın ölmüş.

Kadının kayınpederi pencereden olanları görünce tüfeğini almış hemen, ateş etmiş ineğe, oracıkta öldürüvermiş hayvanı. Silah sesine koşup gelen koca, karısının cansız bedeni yerde yatarken babasının elinde tüfekle beklemekte olduğunu görünce belindeki silahı çektiği gibi vurmuş babasını. Ne var ki babasının katil olmadığını kısa vakitte öğrenen adam yaşadığı vicdan azabına dayanamayıp bir kurşun da kendi başına sıkıp intihar etmiş.

Olan biteni kıs kıs gülerek izlemekte olan şeytan *"Eyvah eyvah"* demiş. *"Bütün bunların hepsini bana mal eder bu insanlar. Oysa buzağının ipini gevşetmekten başka ne yaptım ki?..."*

Hiçbir duyguda, hiçbir tutumda, hiçbir düşüncede hatta sevgide bile aşırıya kaçma yol arkadaşım. Çünkü bazen çok sevmek de ihanettir. Aşırı sevgi ve düşkünlük; dengelerin, muhakemenin, adaletin şaşmasına neden olur.

Son Söz

Hakan Mengüç

Sevgili yol arkadaşım; bir kitabın daha sonuna geldik. Şems'in öğretilerinin adeta bir özeti sayılabilecek sözleriyle veda etmek isterim sana.

Bir gün bir yerlerde yeniden karşılaşmak ümidiyle...

Kendine iyi bak olur mu?

"Eğer hâlâ kızıyorsan, kendin ile olan kavgan bitmemiş demektir.

Eğer hâlâ kırılıyorsan, gönül evinin tuğlaları pekişmemiş demektir.

Eğer hâlâ kınıyorsan, af makamına ulaşmamışsın demektir.

Eğer hâlâ koşulsuzca sevmiyor ve sevginde ayrım yapıyorsan içindeki sevginin yoğunlaşmasına engel oluyorsun demektir...

Eğer hâlâ "Ben" demekten vazgeçmiyorsan, dizginlerin hâlâ nefsinin elinde ve sen bu esarete boyun eğiyorsun demektir.

Eğer hâlâ musibetlere yana yana üzülüyorsan, gerçeği bilmiyorsun demektir.

Eğer hâlâ şikâyet ediyorsan, HAKİKATİ göremiyorsun demektir."

Hakan Mengüç'ün etkinliklerinden haberdar olun!

Hakan Mengüç ney konserleri, seminerler ve birkaç gün süren kendini keşfetme kampları düzenlemektedir. Etkinlik hakkında bilgi almak için sosyal medya hesapları veya web sitesini kullanabilirsiniz.

http://hakanmenguc.org

http://instagram.com/hakanmenguc

http://youtube.com/hakanmenguc

http://facebook.com/hakanmenguc

http://twitter.com/hakanmenguc

Spotify - Hakan Menguc

Apple Music - Hakan Menguc

"Hakan Mengüç'ün Gece adlı parçasını dinlemek için QR kodu okutatabilirsiniz."

Okuyucu Notları: